用散文打拍子

孟樊——著

【總序】二〇二二，不忘初心

李瑞騰

一些寫詩的人集結成為一個團體，是為「詩社」。「一些」是多少？沒有一個地方有規範；寫詩的人簡稱「詩人」，沒有證照，當然更不是一種職業；集結是一個什麼樣的概念？通常是有人起心動念，時機成熟就發起了，找一些朋友來參加，他們之間或有情誼，也可能理念相近，可以互相切磋詩藝，有時聚會聊天，東家長西家短的，然後他們可能會想辦一份詩刊，作為公共平台，發表詩或者關於詩的意見，也開放給非社員投稿；看不順眼，或聽不下去，就可能論爭，有單挑，有打群架，總之熱鬧滾滾。

作為一個團體，詩社可能會有組織章程、同仁公約等，但也可能什麼都沒有，很多事說說也就決定了。因此就有人說，這是剛性的，那是柔性的；依我看，詩人的團體，都是柔性的，當然程度是會有所差別的。

「台灣詩學季刊雜誌社」看起來是「雜誌社」，但其實是「詩社」，一開始辦了一個詩刊《台灣詩學季刊》（出了四十期），後來多發展出《吹鼓吹詩論壇》，原來的那個季刊就轉型成《台灣詩學學刊》。我曾說，這一社兩刊的形態，在台灣是沒有過的；這幾年，又致力於圖書出版，包括同仁詩集、選集、截句系列、詩論叢等，今年又增設「台灣詩學散文詩叢」。迄今為止總計已出版超過百本了。

根據白靈提供的資料，二〇二二年台灣詩學季刊雜誌社有八本書出版（另有蘇紹連主編的吹鼓吹詩人叢書二本），包括**截句詩系**、**同仁詩叢**、**台灣詩學論叢**、**散文詩叢等**，略述如下：

本社推行截句幾年，已往境外擴展，往更年輕的世代扎根，也更日常化、生活化了，今年只有一本漫漁的《剪風的聲音——漫漁截句選集》，我們很難視此為由盛轉衰，從詩社詩刊推動詩運的角度，這很正常，今年新設散文詩叢，顯示詩社推動散文詩的一點成果。

「散文詩」既非詩化散文，也不是散文化的詩，它將散文和詩融裁成體，一般來說，以事為主體，人物動作構成詩意流動，極難界定。這一兩年，台灣詩學季刊除鼓勵散文詩創作以外，特重解讀、批評和系統理論的建立，如寧靜海和漫魚主編《波特萊爾，你做了什麼？——台灣詩學散文詩選》、陳政彥《七情七縱——台灣詩學散文詩解讀》、孟樊《用散文打拍子》三書，謹提供詩壇和學界參考。

「同仁詩叢」有李瑞騰《阿疼說》，選自臉書，作者說他原無意寫詩，但寫著寫著竟寫成了這冊「類詩集」，可以好好討論一下詩的邊界。詩人曾美玲，二〇一九年才出版她的第八本詩集《未來狂想曲》，很快又有了《春天，你爽約嗎》，包含「晨起聽巴哈」等八輯，其中作為書名的「春天，你爽約嗎」一輯，全寫疫情；「點燈」一輯則寫更多的災難。語含悲憫，有普世情懷。

「台灣詩學論叢」有二本：張皓棠《噪音：夏宇詩歌的媒介想像》、涂書瑋《比較詩學：兩岸戰後新詩的話語形構與美學生產》，為本社所辦第七屆現代詩學研究獎的得獎之作，有理論基礎，有架構及論述能力。新一代的台灣詩學論者，值得期待。

詩之為藝，語言是關鍵，從里巷歌謠之俚俗與迴環復沓，到講究聲律的「欲使宮羽相變，低昂互節，若前有浮聲，則後須切響」（《宋書・謝靈運傳論》），是詩人的素養和能力；一旦集結成社，團隊的力量就必須出來，至於把力量放在哪裡？怎麼去運作？共識很重要，那正是集體的智慧。

台灣詩學季刊社將不忘初心，不執著於一端，在應行可行之事務上，全力以赴。

#【自序】

作為一個文類，散文詩似乎沒那麼討喜，余光中便曾不懷好意地指出它是「高不成低不就，非驢非馬的東西」，因為余氏看到它往往「沒有詩的緊湊和散文的從容，卻留下前者的空洞和後者的鬆散」。雖然他這番話主要是站在散文的角度批評那些寫得不成功的美文，但印象所及，余氏似乎沒寫過什麼散文詩。不獨有偶，散文詩也不獲現任《創世紀》總編輯辛牧的青睞，前幾年投我給他的散文詩，竟讓他回覆說他們（應該是他）對此一文類是「有所保留的」，可見他對散文詩也是不懷好意的（其實之前該刊曾刊登過我的散文詩）。

的確，散文詩一邊是詩一邊又是散文，兩邊想討好，卻又討不到什麼便宜；反過來，詩散文（或詩化散文）一邊是散文的同時又兼具詩化語言，若和散文詩對調，兩者有時還真不容易劃分清楚，余光中說它「非驢非馬」是有道理的；而我說它更像是「似驢似馬」，才真的是

「雌雄莫辨」！

散文詩乍看之下是一個跨文類的衍生性文類，是從分行詩衍生的「變體」；事實上，詩在中國原本就沒分行的，分行之體式是受到近代西洋詩分行的影響有以致之——而這也可以解釋民初打破舊詩格律的一些白話詩人，根本才不管分不分行這撈什子的事，專心寫作他們自己的「不分行詩」（亦即散文詩），如劉半農、魯迅、沈尹默等。雖然後來分行詩成了新詩體「不成文」的定制後，不分行的散文詩並未因此就銷聲匿跡，棄如敝屣，台灣自日據時期的水蔭萍、丘英二以下，以迄於光復後的商禽、管管、瘂弦、秀陶，到中生代的蘇紹連、渡也、杜十三，乃至於年輕一輩的李長青、王厚森……都對散文詩厚愛有加，而從李長青與若爾．諾爾主編的《躍場：台灣當代散文詩詩人選》（二〇一七）的出版，我們也才驚覺原來創作散文詩的詩人大有人在。

我自然也是創作散文詩的其中一人。我的散文詩創作並不算晚，最早的四首散文詩〈禿頭的自白〉（一九八三）、〈波斯貓〉（一九八三）、〈S. L.和寶藍色筆記〉（一九八八）與〈夢中之夢〉（一九九一）寫於一九八〇年代至一九九〇年代初（其中〈波〉和〈夢〉二詩亦可視為豆腐體詩），只可惜後來無心經營。但從《我的音樂盒》（二〇一八）收有我七首散文詩新作可知，當初偶一為之的散文詩那種創作的「手感」又慢慢回來了，之後甚至演變成一發不可收拾，開始我又「理念先行」的另一冊散文詩集的創作。

以文體來說，寫作散文詩是對創作的另一種挑戰，尤其對這種具跨文類特性的詩體而言，一不小心失手，就成了「二不像」：若寫得太有思想性，文字過於直白，那就偏向散文；反之，若太賣弄意象，語言過於稠密，語不驚人死不休，則又落入分行詩窠臼。在前者，你就直接去寫散文；在後者，你落筆就分行，何必自討沒趣、多此一舉去寫那什麼散文詩！偏偏就有人手癢，喜歡這類文體，譬如劉克襄就酷愛這一味，他自己就自剖說：「新詩斷行的果決和驚奇，竟遠超乎我所能承受的負荷……散文的拘謹描述，似乎更能貼近我所追求的情境。」好個說法，於我心有戚戚焉！我就是不想受分行的制約，厭惡那種往往有句無篇的分行詩，始思以不分行的散文詩挑戰那「斷行的果決和驚奇」。

不過，散文詩的寫作卻也不必如劉克襄所說的那樣「拘謹描述」。散文詩既毋須受分行制約，它的體式反而更能自在從容，形制上可長可短——我初始在寫作散文詩時確有段落限制的考慮，但後來覺得這實在礙手礙腳，有誰規定散文詩應落在二或三段之內？像波特萊爾（Charles Baudelaire）的所謂「小散文詩」便有多達二千字以上的篇幅，篇幅長短宜由意生才對。

當然，劉克襄那麼說並非完全針對散文詩的形式體制，但散文詩的語言如余光中所說較為鬆散那倒是一點也不假，相較於分行詩「拘謹」的語言表現，散文詩語言可以直白到像散文一樣——否則你就去寫那語言肌質稠密的分行詩好了——就散文詩而言，花枝招展的意象並非它創作的第一義，它的詩的質地或肌質（texture）不在其濃縮性的語言表現，而在其從表意所延伸出的言外之意，因而我的有些散文詩寫得像寓言，這寓言的故事雖未必完整，但它往往具有「聲東擊西」或「暗渡陳倉」的意在言外；並且這「言外之意」不在一字一句的表達，它更著重的是整篇詩文內含寓意的呈現。

的確，散文詩的敘事不必要求完整；若是，則它可能變成極短篇或寓言故事。雖然散文詩可以抒情如波特萊爾的《巴黎的憂鬱》裡不少的詩作，但敘事恐怕是散文詩創作不可少的表現手法——這也是我一向對於散文詩創作的主張；如果我純粹想以詩抒情，那我會回去寫那分行詩。在本書中，雖然我把它分為兩卷：上卷「思無邪」以及下卷「念有情」，但這「念有情」念的並非自我之抒情，未可視為分行的lyric。在此，敘事也成了我創作散文詩的主要手法。

語言放鬆的散文詩要靠它法製造詩意，早先的「超現實」與「驚心」——後者又往往來自魔幻寫實——這是兩種一度成為主流的散文詩的表現手法，前者可謂是襲自商禽，而後者出自蘇紹連，乃不作第二人想。他們也是我最早創作散文詩的繆思來源——所以在本書中可以看到我向他們致敬之處。當然，以上這兩種散文詩「密技」自不能涵括散文詩的重要創作手法，譬如秀陶、杜十三、李長青等老中青三代，便不能被「超現實」和「驚心」兩者所覆蓋。我自然也得走自己的路。

如果把散文詩視作一個獨立的文類，我以為今天它應該還是一個可以伸縮的文類，語言向分行詩延伸，稠密的意象層出不窮，宛如將分行重組為不分行的散文排列；我也以〈巴黎落霧〉、〈倫敦大雪〉以資證明：散文詩也不排斥肌質稠密的語言。另外，語言在向散文傾斜時，我則借鑑極短篇或寓言故事以敘事鋪展出意在言外的詩篇。由此看來，

「非驢非馬」或者是「似驢似馬」的散文詩，反倒是為自己找到出奇制勝之處：較諸分行詩它擁有更大的自由度。爰此，我也以段數不拘、篇幅不限的體式，突破散文詩長短的規制。我甚至把分行詩和散文詩互換，例如〈偷溜的時間〉先以分行詩發表，改題為〈時鐘〉後再以散文詩形式出現；至於前詩又來自與夏宇詩作的互文——在此，我還玩了不少互文性遊戲（可參看別卷〈我的散文詩美學〉一文）。

從上述這樣的角度出發，散文詩似乎也難說討不到什麼便宜。至少我從不同方式以「鍛造」這一似驢又似馬的文類，看它能展現到多大的能耐，這樣的挑戰——或許也把它當作一項遊戲吧，竟也讓我屢屢大呼過癮，我得說，散文詩自有其迷人之處！

【序詩】一幢透天厝
——給孟樊

一個年輕的夢在蓋房子。

他起造的第一層樓是藏書萬冊的圖書館。形形色色的圖書只進不出，像座圍城營養他成翩翩蝴蝶一隻的幼蟲。毛毛蟲蠶食著老莊薩賓西馬傅柯徐志摩狄瑾蓀和後現代，有一天破繭向上飛成蝶。

第二層樓攤開是一張他遊遍四方的世界地圖，他在上方來來回回行蹤五大洲，塞納河－大笨鐘－托斯卡尼－挪威森林－金字塔－銀閣寺－吳哥窟，八千里路雲和月，一幕幕全烙印在記憶底片裡。

第三層蓋的是他的紅茶博物館，裡頭蒐羅了來自不同國籍與性別的茶葉——從英國的川寧到印度的大吉嶺以及錫蘭的烏巴，再到日本的日東以迄於福建的正山小種。他私藏的紅茶妻妾成群。

年過中年的夢繼續蓋了第四層樓。偌大的電影院輪流播放著他的二輪電影，讓他把塔可夫斯基、安哲羅普洛斯、奇士勞斯基、法斯賓達、溫德斯，以及小津安二郎和伍迪艾倫，一起請進家門時時對話。

孜孜矻矻的夢越來越年老色衰，蓋好的房子也跟著日漸佝僂。夢的工作日誌說，不老的只有他從小到大的老友——時光，不分樓層，上上下下逡巡，一遍又一遍……

二〇二一年六月刊於《野薑花詩集》第三十七期

目次

下卷　念有情

別卷　夫子自道

附錄

上卷

思無邪

無邪即有邪；有邪即無邪

天龍八部

趺坐是必須的。

天色愈來愈薄。此刻，沒想到圍在身邊的晝與夜正在拉扯，寸土必爭，誰也不讓誰。

然而，你的心是極為平靜的。

你讀過的經書說：目盲之肯定，耳聾之肯定，乃至於心跳之無聲之肯定是必要的。因為沒有鬼哭神號，沒有天旋地轉，沒有暮鼓晨鐘，沒有水波之興；也沒有武功，沒有筆墨，沒有江湖，沒有文字。

可你瞧見了：有天，有龍，有夜叉，有乾闥婆，阿修羅，迦樓羅，緊那羅，摩侯羅伽。他們一個一個地現身——

畫面是妙樂飛天，卻肢殘節傷。金翅鳥翻飛七次，不忮不求，伴那歌神或舞或歌，不分男女相，邀大蟒神來吐信。

你害怕了！空氣中彷彿不存在任何聲息。而後在最大的寂靜中，你竟然沒頭沒腦地聽見最喧囂的聲音，任憑他們的吩咐。

最後你譁然而起，語驚四座說，我什麼都不是！但是很抱歉，你的身旁竟沒有一個人聽到你的叫喊。

二〇一九年五月二十七日刊於《人間福報副刊》

說經

他在攝氏二十四度的冷氣房內說經。一大群信徒和聽眾聚精會神地聆聽著。

慢慢地，他把經說成真理，很巧妙的一塊真理。繼而，他把真理捏塑成各種人形，並塗上多種色彩：先是有耄耋老者，垂髫少年，然後是紅頂藝人，民意代表，名嘴，網紅，窈窕倩女；接著有藍，有綠，有粉紅，和黃金色……還變造成好多物件：金銀財寶、股票紅利，華屋美廈。眾人看得目眩神迷，如癡如醉，鼓譟叫好！

現場若有所思的我突然舉手發問：「尊駕何不捏造一座監獄？」他即刻指著我嗔叱道：「你這個鬼——」於是眾人一道起鬨喊滾！悻悻然的我只好快速抱頭鼠竄，逃之夭夭。

二〇一九年八月二十八日刊於《聯合報副刊》

雌雄同室

你知道嗎？我的屋子裡住著兩個人：一個是男人，另一個是女人。

男人喜歡做戶外運動。跑步，騎單車，爬山，自助旅行。備課和上課，開會，偶爾寫寫臉書，但不玩寶可夢。每天讀晨報，也讀一點海德格，佛洛伊德，以及巴特，傅柯，德希達，還有歌德和沙特。

女人喜歡做家事。洗衣，燒飯，打掃。與閨密聊天，喝下午茶配法式甜點，但不喝星巴克咖啡。看卡蘿的畫作，村上春樹的小說，侯麥的電影。也讀普拉絲和莒哈絲，聽蕭邦和德布西。

這個男人寫議論文，而女人寫抒情詩。

其實，這個女人便是這個男人，這個男人也就是這個女人。噓，偷偷告訴你——這個男人與這個女人可同時都住在我的身體裡面。

P.S.別說我政治不正確哦！

二〇二〇年十二月刊於《野薑花詩集季刊》第三十五期

當頭棒喝

冬日。我在——這裡，遠遠呼喚對面的山。山對我不理不睬。我就走進他的懷裡。

走入山腰的我要向他問個明白：「生命是什麼？」

迎面而來的一位禪師雙手合什說：「見山是山，見水是水。」

不解的我來到了一座涼亭，碰見候我的詩人撂下一句話：「我見青山多嫵媚——」

下山時分，一直沒有遇見降雪。然後在野鴉點燈的下坡路上返家。

坐回書齋，布萊克且回我話說：「你得從一朵花窺視天堂。」旁邊的沙特馬上搖頭：「No，No，你的存在先於本質！」不服氣的梅洛龐帝卻嘆道：「身體，身體才是你！」

我仍然苦思良久，敲破腦袋始恍然：不就是這首剛寫下的詩，而我自己便住在那裡頭？（外頭此刻正開始下起紛紛白雪……）

二〇二一年六月刊於《乾坤詩刊》第九十九期

觀音

觀音是女身，有曲線玲瓏的線條。祂的體態是令人夢寐以求的香草，美人。從唐代梵像拓印至現代工筆畫的仕女圖上，體香娉婷，宛如浮想連篇的慾火。

連篇的浮想時隱時現一株亭亭的蓮花，那姣好的臉容，有異樣的紅暈。

他倒出淨水瓷瓶裡的水洗臉，洗全身的七情六慾，這些扇動著的七情六慾太骯太髒，但它們令人胴體舒暢。

玉立的觀音忽嗔：「快些使勁用力敲擊我吧！」

於是，他使用私密的雄性咒語，轟然一槌將祂破身——天打雷劈！

那些掉落滿地的慾望碎片一一在哀嚎。

時在七月十五，月圓。

二〇二一年三月刊於《野薑花詩集季刊》第三十六期

波斯貓

那朵頗八十年代的波斯貓在這樣摩登底暖氣玫瑰花般底陶冶下，遂作秀似底在這方顯得已殘破不堪而盛載古典沉重得令人有時觸及不免迸發發思古之幽情的悲慟所包圍的書城中，對著她那應該憐憫和慰藉的主人搔首弄姿，販賣起楊貴妃來。她那豐腴樣在我年少不更事的拼鬥中建築起來的這幢仿造新大陸風味的兩層——號稱令人心曠神怡的高級洋房裡營養成的身態亭亭玉立，的的確確使我有向傳統犯罪的慾望。此

時又觸及左斜側鐵架上對我虎視
耽耽卻帶有哀求眼光的線裝書，
不免做賊心虛底苦惱起來，不得
不猶疑底抉取了一種舊稱理則的
邏輯，喝斥她這朵帶刺的粉紅色
玫瑰滾開，然后偷偷底自慰起來

一九八三年三月刊於《漢廣詩刊》第七期

飛

我的身體陡地變得很輕盈。我飛了起來，我竟然真的飛了起來。

原來我卸下了錢包，手機，開門的鑰匙，甚至口袋，以及一堆老是看不完的書籍……

再轉頭瞧瞧，發覺還卸下了一向糾纏我的愛慾，憂愁，焦慮，怨懟，不滿和小心翼翼。……我終於卸下了這副臭皮囊，剩下一身輕。

一身輕盈的靈魂飛向星空中的人馬星座。然後回頭向我生長的世界發出一個問句：「地球，你累了嗎？」

半晌，只有身旁的微風擦身而過，一聲不響，最後只聽到自己的回音也在問：「你累了嗎？」

二〇一九年六月刊於《野薑花詩集季刊》第二十九期

撕破臉

三更半夜在書房，一尊滴水白玉觀音把我的睡眠從水深之處喚醒。她說我這張臭皮囊被霾害太久了，又滿佈歲月的皺紋，皮膚像滾動十年破舊的輪胎，福壽酒似的顏色一點都不新鮮。她說我必須改頭換面。

然後她把正襟危坐的我的臉皮撕掉一張，把它重疊貼在米白牆上原先我掛著的一幅自畫像，說這樣好看多了，雖然魚尾紋和法令紋宛如刀割。但左看右看卻不大像我。接著她再撕掉我一張臉，帶點憂鬱的神色覆貼在上一張上面。突然我回過神，照進來的月光拉著我喊痛。

她說她還得再撕一張臉，在我喊疼之餘。這張臉毋須戴眼鏡就可以看清周遭的一切，而且長得方方正正，輪廓清清楚楚。我自己也瞧得發呆了，忘記歲月在臉上鑿刻的痛楚。

可她最後卻一張一張地貼回我的臉……我低頭終於忍不住掉下了眼淚。她只丟下一句話：「你還是不能不要臉！」等我抬頭，滴水觀音就著月光在自畫像下正在收集我一滴一滴的淚水。

二〇一六年六月刊於《吹鼓吹詩論壇》第二十五號

HOMOPHOBIA

叩叩叩，他又在敲門。

他有病。有Sexuality的病，有與男人一同做情色的渴望。

我總是駭怕他的渴望。潮汐進退的渴望。月圓月缺的渴望。菊花盛開的渴望。七十二桿進洞的渴望。火車穿越隧道的渴望。夜船吹笛雨瀟瀟的渴望。讓情愛伸進口腔的渴望。

以及，春天射精的渴望。

他的渴望令我逐漸淹沒，我的身體，我的靈魂。

我還是關著門，拒他於千里之外。然後……在夢裡偷偷濕身。

二〇二一年三月刊於《乾坤詩刊》第九十八期

種田

勤於種田的他，不管是風和日麗還是颳風下雨，孜孜矻矻耕耘已數十載。

他是一位用文字種田的詩人。每種一畝田，他都得背負好幾袋文字秧苗，在一畦畦的耕地間挑三揀四，將各式各樣的字詞，一一插種。但他最在意的是施肥，不論是施以美不勝收或稀奇古怪的意象，那才是他想讓作物豐收的獨門訣竅。

往往他使用的意象太過飽滿又稠密，反而長出奇形怪狀的物種，一看就厭惡，連煮熟後的盤中飧都滲有怪味，難以下嚥。

他卻樂此不疲，說若沒有用精緻的意象施肥，他就不會種田了。

二〇二一年四月刊於《秋水詩刊》第一八七期

心臟手術

一位患有心臟病的詩人已躺在手術檯上，麻醉醫師和護理師都已就緒，所有的手術器材包括體外循環機亦已準備妥當。終於我走進開刀房。

從胸腔部位我極精準地畫下第一刀。證實他的血液裡沒有說謊、猜忌、狡猾、言不由衷等雜質，雖然心跳脈搏很微弱。但仍然混濁的血液卻讓他血管長期堵塞，甚至差點要了他的命，使得他再也乏力寫詩，偶爾有若干詩句靈動在他心中，但就只那麼抖擻幾下，字句就又被堵死，無以為繼。他開始過起心悸的無詩日子。

於是，他決定找上一向擅長拿評論解剖刀的我幫他開刀，找出病因，施行手術，對症下藥以一勞永逸。

其實他略顯淡黃色的血漿裡，原含有足夠的營養素：想像力酵素、感性抗體、創造性激素……特別不缺的是那豐富的意象蛋白質——所有這些在術前的血液檢查就已確診。然而，他的冠狀動脈出現粥狀硬化現象卻得手術才能解除。等到我開膛剖腹，才發覺他真正的病因在他的血液裡缺少最重要的成分——愛；因為不愛，日積月累，所以詩的血流始逐漸混濁以致阻塞，兼之靈感的動脈硬化，心肌缺氧，創作的原動力由是不足，時續時斷。

手術總算順利完成。詩人病兆解除。我給他的醫囑是——日後得為自己提供愛的養分，心中不能沒有愛；否則治標不治本，終將喪失這一身詩的靈魂。

二〇一九年九月刊於《吹鼓吹詩論壇》第三十八號

人人都愛馬奎斯

有一座城市，每一位居民都愛讀Márquez的小說。這個城市大大小小的每間屋子，都有著一面開向北方的落地窗。令人想不到的是，大大小小的雨一直下個不停，已超過一年三個月。

就在雨水灌溉城市到那一年九十天又多一天的夜晚，白天不說話的居民A，上床不久後不小心說了一串夢話。夜未央，恰巧被另一位撐著黑傘的居民B路過從窗邊聽到。他回家就寢後也開始說起夢話，接續A的話題。

隔夜，居民B再將他的夢話傳染給一向無夢的枕邊人C，然後像疫病散布般，一傳十，十傳百……很快地全城市民都感染了，每晚都在互相說夢話（夢話的內容五花八門，華而不實）。雨仍然下著，不知夜晚說夢話的大家，白天反而越來越少說話了。

一個深夜，當所有的人此仆彼起說起夢話的當兒，突地從城外闖入一位陌生的異鄉人，被這詭異景象嚇壞之餘的他，掩耳大叫一聲My

God！

夢話被戳破的翌日，朝暾破曉，疲倦的雨聲此時也終於停止了。

二〇二〇年十月十四日刊於《人間福報副刊》

給吹鼓吹詩論壇開個玩笑

有人在大庭廣眾前偷偷賞了後現代一個拐子，用他那提高八度尖銳的周星馳笑聲——

哈！哈！哈！哈！哈！然後比手畫腳在面對觀眾的舞台上，以PPT打了一個啞謎：

1. 碧果的靜物畫。
2. 羅青的吃西瓜的方法。
3. 夏宇的連連看。
4. 林燿德的世界偉人傳。
5. 陳克華的車站留言。

說你選擇的答案不會是謎底，因為後現代大師偷學宰予仍在晝寢。而現場人士都是夜貓子，沒有一位名叫孔老夫子。

話聲剛落。底下觀眾席突然扔出一只張力十足的臭鞋子，很寫實地打中那張摩登的大嘴巴！頓時啞口無言的他，迅即拎起吹鼓吹詩論壇一溜煙抱頭鼠竄了——

後記：此詩發表時以分行排列。

二〇一六年七月刊於《兩岸詩》第二期

變形記

鎮日在書房一而再再而三地讀著我鍾愛的散文詩集，廢寢忘食，足不出戶。我甚至白日夢起來，彷彿自己就是現代聊齋裡那位詩人。

不知經過多久，妻敲房門幫我端了一杯熱茶進來。突然驚心一叫：「啊！你……你……怎麼變了個模樣！」我回頭一望，從壁掛的壓克力板裱裝的字畫反光裡，瞧見那位熟悉的詩人直挺挺地竟坐在我對面，同時展現出一副奇怪的表情。

此刻案頭被翻閱的《驚心散文詩》，不發一語，突然張開雙手緊緊地把我抱住，然後慢慢啜泣起來。

二〇二〇年十二月刊於《乾坤詩刊》第九十七期

新版變形記

鎮日在書房一而再再而三地讀著我鍾愛的現代小說，廢寢忘食，足不出戶。我甚至白日夢起來，彷彿自己就是城堡裡那位小說家。

不知經過多久，妻敲房門幫我端了一杯熱茶進來。突然驚心一叫：「啊！你……你……怎麼變了個模樣！」我回頭一望，從壁掛的壓克力板裱裝的野獸派畫作反光裡，瞧見原先那位熟悉的作家直挺挺地竟坐在我對面，同時展現出一副奇形怪貌的身軀。

此刻案頭被翻閱的《變形記》，不發一語，突然張開雙手緊緊地把我抱住，然後慢慢啜泣起來。

我是音樂家

踱步在走廊間盡是茉莉花香的味道，夜氣磅礴的夜晚有淡藍色的空氣瀰漫著。

我隨手打開了一道房門。幽暗的小房間內空無一人，正中央有架鋼琴張開笑臉，以它潔白的牙齒迎著我笑，邀請我坐下。琴架上擺著的樂譜剛翻開第一頁，用月光曲召喚我觸動起黑白鍵。

輕柔的樂音彷彿流淌的多瑙河流水，把我的月光浸淫其中，點點閃熠。隨著柔波的前進，我來到了另一個房間。兩位提琴家正面面相覷，一把大提琴和一把小提琴無法對話。三缺一的嬉遊要我拿起另一把中提琴加入，莫札特的肖像微笑示意我不請自來。

神思還徜徉在弦樂三重奏的旋律裡，不小心竟然又開啟另一道窄門。我正緩步走進金色大廳的舞台中央，向觀眾一鞠躬後轉身拿起指揮棒，面對偌大的樂團，柴可夫斯基G小調第一號交響曲的第一個手勢就此劃下……（註）

我在冬天做了一個夢。不識五線譜的我，耳朵剛好從妻指揮的交響曲CD中緩緩醒來。

註：柴可夫斯基G小調第一號交響曲又稱為《冬之夢》，是作曲家親自下的標題。

二〇二一年一月十三日刊於《聯合報副刊》

Poulenc小提琴奏鳴曲

此刻我正坐在國家音樂廳的演奏廳裡瀏覽樂曲解說。燈光逐漸變暗，只留下舞台上的光芒，小提琴家和她的鋼琴伴奏一同出場了。浦朗克是這場獨奏會的主角。靜謐跟著一步一步挨近……熱情如火的第一樂章立即響起，腳步走得極為快速，有點詭異的開頭令人驚愕又措手不及；措手不及的是我的連篇思緒（現場聆樂，我習慣讓樂音帶著我的思維行走）。那劇烈的弓法，略帶粗暴的斷奏，像女巫的掃帚，散發懾人的魔力，你的心弦也跟著拉緊。就在快喘不過氣的當兒，琴音卻開始放緩她飛行的速度，從湍急的河流飛向如夢的黑森林。

第二樂章一開始便以鋼琴重複的和絃薰染了整個廳堂安逸的氛圍，小提琴首先以撥奏仿效吉他，接著才出現幽幽的旋律，變換了不同的色彩，加進一連串附點的西班牙民歌曲風，甚至讓你嗅出伊比利亞的火腿味（我的饕餮）。這首間奏曲彷彿要你聞著香氣進入夢鄉。

第三樂章終於來了，你不敢再停住腳步徘徊，佛洛依德的夢思迅即褪去，這是急板，熱切又厚重的急板。氣氛顯得些許悲戚卻又狂暴，那色彩是莎翁暴風雨似的陰鬱，樂音中雖偶有歡樂色調浮現，仍掩不住那哀傷的氣息。

樂曲結束，在如雷的掌聲中，我隱約聽見浦朗克一聲輕微的咳嗽。而後在小提琴家洪幗襄和伴奏的鋼琴家林慧君離開舞台後，九點三十二分，忽然想起返家後趕快要為我太沉醉的浦朗克寫一首奏鳴曲之詩。

二〇二二年一月刊於《人間魚詩生活誌》第八期

羅生門

聽說詩人用意象殺人，甲乙丙丁四人聚在一起議論紛紛。

甲說，是第三行那個險句。乙卻說，應該是第二段開頭的那個隱喻。丙說，才不是呢，是第七行的倒裝句。丁大聲嚷嚷說，你們說的都不對，罪魁禍首是在最末兩行的反諷句！

這時心理分析師說話了，你們通通不要吵，不管是甲或乙或丙或丁，每個人都是嫌疑犯：「在夢中，其實你們都是同一位。更何況你們就是詩人自己！」

不信麼？我寫的這首詩就叫〈羅生門〉。

二〇二〇年十一月二十四日刊於《聯合報副刊》

讀詩

書桌上凌亂地堆疊著好幾本詩集。

下意識地我挑上Breton，潛行進入他的城市。這一市區如蛛網密布的街衢巷弄經緯萬端，呈不規則狀延展，路標、店招、車道、人行道、分隔島、斑馬線……歪七扭八，辨別不出方向，簡直如墜入五里雲霧之中。原來我已置身在迷宮內部。

來回逡巡，好不容易挨近了Eluard的另一區，他的路名依舊不甚清楚，雖然街道不再那麼繁複，千變萬化。就著明滅不斷的路燈，我發現了一處湖濱蜿蜒的小徑，岸邊立著一塊警示牌：「後現代之水，嚴禁游泳」。

不管三七二十一，快發瘋的我馬上奮力跳湖！使勁游向那依稀可辨的湖心島。後現代的湖水很淺，水溫卻乍暖還寒，身體在短時間之內頗難適應。我泅游甚久，但一直游不到那莫名的島嶼。我迷航了。最終我只能邊游邊喊：Ashbery、Ashbery……救我！救我！

在一堆紊亂的詩集前，我又回過神來。後來我怎麼上岸的，已無任何印象。但定睛一瞧，才發現剛剛那幾本我讀之許久的詩集，不知何時已然上架，被擠在書架的邊緣，冷肅的身軀顯得益發落寞。

二〇一九年九月刊於《野薑花詩集季刊》第三十期

夜讀佩雷的記憶

佩雷，今晚我將和你談談夢，哦不，談談詩。談談你的記憶是怎麼搞的。

你沒來由的記憶說，出現了一隻熊在吃乳房，我想像那是輕熟女的一雙乳房。可怖的是，旁邊的沙發被牠一下子吞入肚腹，然後又被吐出，吐出的竟是那像是玫瑰色的雙乳。晃動的乳頭中竟走出了一頭牛，是奶牛（你的記憶有錯嗎？）。

我的記憶可沒錯！這頭乳牛隨後給尿出了一隻貓，兩隻貓，三隻貓，——總之，是幾隻貓。哈，你這貓的象徵確實比那乳牛高明。於是，你讓貓兒接下來組成一把梯子，乳牛便順著梯子攀爬上去。

哦不，你又說是貓兒往上爬。爬呀爬的當兒，高處梯子伊呀一聲斷裂了……（非得加上刪節號麼？）突然變成一位臃腫的郵差。我的媽喂，那頭乳牛在此墜入重罪法庭裡（郵差怎地不見了？），接著眾貓演唱一首〈馬得龍〉。至於其餘的，統統變成孕婦的報紙（原來輕熟女是孕婦！）。

我說，以上你的記憶就像你的詩一樣，太有個人風格了。你回說：難道不是嗎？首先我們得卸下思想的奇裝異服，回到意識的裸體，回到語言那最初的純粹啊！

後記：佩雷（Benjamin Peret）（一八九九－一九五九），是超現實主義創始人之一，緊跟該派掌門人布勒東（Andre Breton）的腳步。他的文筆荒誕幽默，〈佩雷的記憶〉一詩可見其風格。

二〇二〇年七月刊於《乾坤詩刊》第九十五期

魑魅

她的身體內養著一隻魑魅。魑魅他不張牙舞爪，也不巧言令色。

他只會暗箭傷人，以情感的箭刺傷的是她自己。她說這是「憂鬱之箭」。

她管他叫「親愛的」，因為他讓她全身顯得很藍色，而她很喜歡這種藍，Blue得令她沒心，沒肝。

她想改寫的是精神官能症的定義，曰：「斯之謂魑魅本色也！」。

二〇二一年六月刊於《吹鼓吹詩論壇》第四十五號

罔兩

影子的影子問影子：「你怎麼跟著人家坐就坐，站就站？也跟著一起走，一齊唱歌？你像你自己嗎？」

「你不知我之存在是有所依附的；而我之依附對象也是有所依附的……」影子回應。

「但是你依附什麼？」影子的影子詰問。

「蛇褪的皮，蟬脫的翼。」

「那你又依附什麼？」

兩千多年後的一個夜晚，褪下女裝換上男裝之後，她回到愛侶的床上，逐漸將身旁的她的身體溶解。翌日早晨再去赴另一個溶解他的約會。

她說，我就是那張蛻皮，那副蟬翼。

後記：《莊子・齊物論》曰：「罔兩問景曰：『曩子行，今子止；曩子坐，今子起；何其無特操與？』景曰：『吾有待而然者邪！吾所待又有待而然者邪！吾待蛇蚹蜩翼邪！惡識所以然？惡識所以不然？』」

二〇二一年六月刊於《吹鼓吹詩論壇》第四十五號

七竅

祢說：「要有黑暗！」

天地倏忽之間就黑暗了。

此時踱步於沒有光的花園，生機頓失：花兒萎落了，蜜蜂四肢無力，蝴蝶無精打采，一男一女更是語言無味，連暗黑本身也瞧不起他們。

一切荒蕪未明。渾沌的黑暗世界一再發出嘲笑之聲（雖然祢不許）。

為了重獲光明，他們開始為黑暗嘗試鑿光，日敲一竅，終七日黑暗夭亡，光再現人間。

祢說：「你們這對男女終於開竅了！我將讓你們繁衍子孫生生不息，為著自己的勤奮之光。」

二〇二一年十一月三日刊於《人間福報副刊》
二〇二二年一月刊於《秋水詩刊》第一九〇期

隱形人

從南到北，自東到西，沒有老態也沒有龍鍾的神走在人間。在車水馬龍的城市，在人煙罕至的村莊。

祂只在一旁靜聆人們的心聲，從不出聲給春天或者冬天。

某夜，有位女孩以詩讀著月光，透過朗朗詩聲偶然瞧見了神。

而喜歡詩的神其實是有形體的，祂也用兩隻腳走路。

二〇二一年十月刊於《秋水詩刊》第一八九期

太陽的自白

一直想把疲憊卸下來，歇腳在白鷺小憩的秋湖，為我散發太久的熱度療傷。因此，我喜歡枯葉覆地的入土為安或北極大雪蒼茫的季節。實在是走得太累了，自洪荒到核子彈頭的誕生。

近來反覆觀察我的一批皓首窮經的科學家，不知怎麼搞地忽然發現幾根黑髮在我身上萌芽，西半球某大報的頭條新聞刊載說我修戒的頭上長了幾顆「太陽黑子」，立刻煽起地球上人群的一陣騷動。

這沒什麼好緊張。倒是他們穿的那件「臭氧」外套破了個小洞，才該擔心。縫歸縫，補歸補，千萬不要變成癩痢頭。

後記：本詩發表時原題為〈禿頭的自白〉。

一九八三年七月刊於《腳印詩刊》第十一期

我的滿洋全席

第一道上來的是法蘭克福學派開胃菜，我挑了班雅明阿多諾，並佐以馬庫色牛角麵包。

第二道是後現代拚盤色香味俱全，配料有哈山李歐塔布希亞與哈琴恩；而其中豐厚多汁的第三道後結構理論有不太爽口的德希達混合羅蘭巴特松露燉飯。

第四道菜絕對不能秀色可餐，女性主義的滑不溜丟的魚，得讓你吐出在胃裡作祟的父權的汁液。中間有一道是葷腥不忌的酷兒熱湯，燒滾滾小心燙到喉舌。

後殖民主義終於上來了，法式肋眼牛排狠狠被啃了一頓，卻讓別人先下手為強。然後是生態批評的飯後甜點，把浪漫派詩人的激情一掃而光。

飯後還得有杯義式卡爾維諾濃縮咖啡助興，好讓這席理論大餐可以畫下happy ending。

等我吃乾抹淨，還未離席肚子就嘰哩呱啦在哀號，然後趕緊去廁所拉它一把還不夠，兩把、三把……。最後仍得靠著一劑漢方理論才能止瀉，否則滿洋全席就在馬桶裡化為烏有。

二〇二一年三月刊於《吹鼓吹詩論壇》第四十四期

學院之樹

——悼念楊牧

不知換穿過多少件冬衣，我從青春即佇立於此，眼看著斜陽側身緩緩走進學院大樓的中庭。二樓半開窗的研究室流瀉出古典與現代的書香二重奏。

詩人此刻逡巡在攤開的稿紙上，時而疾促時而舒緩，以比喻以象徵，日積月累著他的lyric，愛向繆思喁喁低語，促膝長談。

一位小女孩在庭園曾輕聲驚呼：一隻彩蝶如夢飛過！她張手捕捉那小小的魂魄，好夾在未來的長短歌行裡翻閱。當時詩人正以一首詩的完成回答有人問他公理與正義的問題。擱筆推門而出，小女孩朝他仰頭手指天上悠游的魚狀雲（註）。

而後有鐘驟響。詩人終於起身離開。他在研究室裡留下不少動聽的詩作，我瞧著瞧著……不妨就讓風來朗誦吧。

我是一棵不知名的學院之樹，還在苦思詩人給我的時光命題。

註：這位小女孩，詩人說，「肯定是教授的女兒」。

二〇二〇年八月刊於《兩岸詩》第六期

獸

——戲擬蘇紹連

暗綠色的叢林裡一塊隱蔽的空地上，麇集了眾多來自各處的幼獸。眾獸推派我這隻經驗豐富的人猿權充教師，教導他們認識「人」這種濫捕亂伐的動物。教了一整個上午，費盡心血，他們仍然不懂，只是一直瞪著我，我苦惱極了。我偽裝成「人」走路的樣子，模擬牠講話的聲音，背後矗立的千年神木始終默默無語。靈機一動，我找到一把「人」丟失生鏽的斧頭，拿將起來反身往神木的底部用力砍了下去，一直到森森的木屑落滿了濕地，再轉頭講解。

然後我驀地隱約聽到一聲聲極為細微的啜泣，從背後傳來。轉身低頭一看，令我不能置信，龐大的樹木軀幹竟汩汩地流出一道鮮紅的血液，我指著自己吼著：「這就是人！這就是人！」幼獸們都嚇哭了。

二〇〇八年六月刊於《創世紀》第一五五期

冬日的失眠晚課

——給零雨

我失眠的時候她叫我去做晚課　晚課是陪她穿著黑衣走過冬天臨海的街道　跟她默誦著防風林的外邊還有防風林的外邊還有防風林這樣的現代詩句　彷彿這和數著羊咩咩的咒語一樣奏效　但我不解這和不快樂與身世也不夠淒涼有何關係　原來這魔咒還得＋1　還有海以及波的羅列還有海以及波的羅列這樣容易誤解及誤讀一百遍的詩句　如此反覆的唸誦　反倒把我的精神奕奕從夢的疆界給拉了出來　在這漁村跟著她短短地散步　任海風肆無忌憚地吹響打不開的心門　我不解這失眠晚課為何無其他事可做　只讓我以無解的詩句痛擊長夜　痛擊睡夢　以及為何她不叫我止步　乾脆跳海

二〇二一年六月刊於《野薑花詩集季刊》第三十七期

台灣文學史

一九〇二年。「嫣然若紅霞之浮現！」，中村櫻溪在竹仔湖賞櫻，悠悠吐出明治的漢語腔。

一九二〇年。佐藤春夫踏遍寶島寫他的殖民地之旅，療癒了他的憂鬱病。

一九二四年。墨客騷人在台灣詩薈雅集競技，劍花先生在此做最後一搏！

一九三五年。在南台灣打造一架風車的水蔭萍，吹起一陣超現實主義的風，把一朵茉莉花的白色清香拖向夜之中。

一九三七年。白色鹽田裡寄出一封信，是千尺先生寫給他妹妹的一首詩，海的廣闊於信中盡收眼底。

一九四六年。單身的胡太明啟程去亞細亞開始他的孤兒流浪記，最終滿身是傷回台。

一九五六年。曠野裡獨來獨往的一匹狼，號召了一〇二位詩人不再喝舊傳統的奶水。

一九六〇年。將笠山農場耕耘出一片天的鍾理和，把他的墨水倒在血泊裡，留下幾聲咳嗽。

一九六五年。永遠的尹雪豔一出場，讓眾人的目光都凝聚在不是台北人的台北人身上。

一九七四年。黃春明在礁溪上車後向日本歐吉桑喊出「莎喲娜啦，再見！」。

一九七七年。詩人一聲「狼來了」，鄉土染色。凱撒的不歸給凱撒；神的也不歸給神。

一九八四年。劉克襄回到他漂鳥的故鄉，要經過淡水河邊的車輛禁鳴喇叭。

一九八七年。楊牧於山風海雨飛過火山，想將一首詩完成以寄給年輕詩人。

一九九六年。林燿德打開他的都市終端機去見大日如來，從此不再回頭。

一九九八年。一群女鯨在躍身擊浪時，發出亙古未有之嚎叫，震懾了男性的凝視。

二〇〇一年。漂木在詩魔手中脫手，航向新世紀以三千行的重量，傲視海峽兩岸。

二〇〇五年。陳雪寫出了她的春天，在彩虹的春天冉冉地落雪。
二〇一四年。夏曼・藍波安在大海浮夢，游向達悟族人的原鄉。
二〇二一年。瘟疫流行，李琴峰單槍匹馬走進彼岸花盛開之島，以台灣第一人之姿擒下日本芥川賞，寫出那獨特的女語，開始在島上流傳……

二〇二一年十二月刊於《野薑花詩集季刊》第三十九期

時鐘

轉瞬間我讀到第十九首詩。貼滿米色磁磚的牆上掛鐘，玻璃鐘蓋此時竟然龜裂。

然後，滴答的時間逐漸地從縫隙中一分一秒洩漏出來，流下牆面，繼而牆角，流下棕色海島型實木地板，流到一張仿古的咖啡色書桌上，流進我正在捧讀的女詩人的《六十首詩集》裡。

然後……像沙漏般繼續流動。一直流動的時間流入我的視線，我的腦海，我的記憶。時間一直溜掉，彷彿沒有盡頭……

沒有盡頭地，一回神，牆上掛鐘卻完好如初，指針仍停在原先的刻度，分秒不差。

二〇一九年十二月刊於《吹鼓吹詩論壇》第三十九號

IRREVERSIBLE

待我一回神，牆上掛鐘完好如初，指針仍停在原先的刻度，分秒不差。

然後……像沙漏般繼續流動的時間，一直流入我的視線，我的腦海，我的記憶。時間一直溜掉，彷彿沒有盡頭，滴答滴答……

滴答的時間逐漸地從縫隙中一分一秒洩漏出來，流下牆面，繼而牆角，流下棕色海島型實木地板，流到一張仿古的咖啡色書桌上，流進我正在捧讀的女詩人的《六十首詩集》裡。

轉瞬間我讀到第十九首詩。貼滿米色磁磚的牆上掛鐘，玻璃鐘蓋此時竟然龜裂。

二〇一九年十二月刊於《吹鼓吹詩論壇》第三十九號

春光乍現

自微張的雙眸，高挺的鼻樑，性感的嘴唇，漸漸移動到那誘人的粉頸；然後是若隱若現堅挺的乳房；再往下滑動，曲線玲瓏的上身，可以感受到那滑潤的肌膚光可鑑人。

然後鏡頭從特寫往後拉，橫移過神秘的三角洲地帶……接著出現一雙美好修長的秀腿。攝影機的鏡頭再往後拉成中景，攝入一位妙齡女子睡在臥鋪上的畫面。

從大樓潔淨的窗玻璃朝內，我的希區考克式的鏡頭，最後終於拉成遠景——床的上頭罩著一張有著旖旎色彩，由女子夢的絲線織就的像是蚊帳的網；同時間嚇我一跳，竟發現打開房門神不知鬼不覺溜進臥室的我，手拿著一把小巧的利剪，正打算把那張糾纏她甚久的夢之網剪破……

啊，我的阿芙蘿黛蒂！張大嘴巴，我的攝影機殘敗的畫面就在此定格。

二〇二二年十月刊於《秋水詩刊》第一九二期

下卷

念有情

有情遍在；遍在有情

二十一世紀新聊齋

讀著，讀著，讀著……懵懂間，我踅進尚未寫就的一首詩裡。髣髴剛飲畢一盅女兒紅的我，還在晃著腦左思右想，被包圍在偌大的五顏六色的書牆內，壓得險些喘不過氣來，一直躊躇再三，為了一個——哦，不！兩個未續的句子，以及預先鋪設的情境，還有變不出新花樣的三兩意象，遲遲無法下筆，頭痛萬分。

我終於起身翻找典籍。古書，無感；洋書，沒勁。中文書，門都沒有；英文書，猛打呵欠……驀地，一冊封面略顯斑駁卻有點婀娜，不知是用何種語言寫成的詩集，攫住了我疲憊的視線，遂起煙霧迷濛一片。

一位妙齡倩女款款從書中走出，以那難以想像的美好。儘管我嚇了一跳。

「君莫驚慌！雖然如今你已入中年，曾經數度放棄，仍然汲汲尋求你那遺失甚久的靈感——」

「我是你尋覓不得的繆思。其實我始終跟隨在你身後，只是你不曾回頭望我一眼。」

於是，我們四目相接。頓時精神矍鑠的我，吁了一口氣。此時她有了主意，細聲說：

「你腦袋枯槁，心臟乏力，營養不足，形容憔悴，不僅要補充維他命，更須手術！」

不由我分說，她隨即解開衣襟，卸下肚兜，像嬰兒般擁我入懷……我一口一口吸吮她豐盈的乳汁，冰冷的身子逐漸暖起來（恍惚間，聽她在耳畔喁喁低語：女性的乳汁是最營養的創作補品）。不知過了多久，她拿起刀開始手術，把我的腦袋切開，動手整治——

又不知過了多久，我悠悠轉醒，那位大夫美麗的芳蹤卻也不復可尋，並驚訝地發現，方才擱在案頭那首苦吟許久未能接續的詩作，竟然完美的脫稿。不自覺地，我摸了摸自己的後腦勺，同時伸了個懶腰。回頭無意間聞到書架上偏僻的一隅，在斜射進來的月光下，似有一股迷人的體香仍隱隱飄散。

二〇一九年十月二十六日刊於《聯合報副刊》

曇花一現

一名男子在濱海花園日日澆灌一株花朵。他小心地呵護著，竟忘了長得極為姣好的花叫什麼名字。她每天暗自祈禱他回想起自己的名字。

一日在她裸身沉睡中，

這名男子
一不小心，
逕自在她的夢裡
垂直落海——
手勢在水面上
綻開一朵含著哀傷朝上的
曇花。
轉瞬間
已經來不及了
……

當男子甦醒時，這朵花已然枯萎。原來男子不了解她的哀愁是怎麼一回事。

P.S.這是我從摯友林燿德留下的遺著中摭拾的一則被遺忘的寓言性故事。我也不了解為什麼林同樣不了解她的哀愁是怎麼一回事。

二〇一九年七月刊於《乾坤詩刊》第九十一期

影子

從年輕時，影子就和我的身體形影不離，相互依偎。我的體重增加了，他則跟著變胖、變重；乃至於我的思想愈積愈厚，他也隨著變得更沉、更黑。

年過五十，身材開始老態龍鍾。好久不再端詳他的我，一日，發覺原來緊緊相依靠的影子，慢慢鬆脫了，這一發現還不打緊，才驚訝那鬆垮的影子忽然間竟削瘦如材，只剩薄薄的人影一張。

於是，我緊張地把他捧起來，卻感到薄如蟬翼的他身輕如燕，隨時都會飄走樣。然後我將他貼在牆上仔細探看，以雙手輕柔的愛撫，從米白色的牆面透射出幾縷黯淡的光線，終於看到他身上有幾個細小的破綻。原來他受過傷，兼又汙穢一身髒，我卻始終佯裝不見，以為自己身強體壯，從來沒細心照料，任人糟蹋、潑汙，對他仍不理不睬。

我想好好補綴，幫他盥洗。從未發聲的他，此時突然幽幽啜泣，一下子飄浮起來，讓不知所措的我，趕緊追著他回來，呼喚著：別走！別走！我倆是形影不離的呀……

二〇一九年六月二十七日刊於《聯合報副刊》

巴黎落霧

整座森林把我在法蘭西的酣夢搖醒，說我的水仙子已卸妝，盡褪小熊星座衣物，舔了三回萌出青苔的酒杯，且舔出龍舌蘭的馥烈。妳戴上白色貝蕾帽，叫婀娜跨上駿馬，挨家挨戶敲響沉默，打破藍色的驚歎號，織就一網蔦蘿，要我隨後去讀那個氣喘吁吁的失望，哦，是絕望！

我豈是黑貂般的卑鄙之人？我只是寫不怎麼好的詩，嗜玩互文性遊戲。妳逕向主耶和華告狀，控訴我欺妳一座山，騙妳一條河，還有誑妳一泓秋水。我真操你媽的＃！我沒有學歷麼？我缺少教育嗎？我不識抬舉是吧？我有憤怒的失望，驕傲的失望，痛悔的失望；失去愛情，失去青春的失望。

如果我們才剛開始，我允准妳綿延你的溫柔，恣肆你的歌聲，並挖掘我的睡眠；但不許妳酥胸向著古典。如今妳的瘋狂槍斃了我，判我牛郎織女般不得相見的監禁。月亮被撕成兩爿，馬犇，風強，一群黑貂跟隨在後，而妳收回首都那座魅惑偌大的博物館，然後以身相許之朝暾刺穿我流浪的心思，流血的記憶，把動詞L'amour給燒焦。

啊！我終於看見巴黎落霧在滿月於世界的盡頭閃爍。

二〇二一年九月刊於《WAVES生活潮藝文誌》第十四期

倫敦大雪

大笨鐘用十二下鐘聲將所有的倫敦市民敲得睡著了。

睡熟了我的西敏寺，睡熟了我的倫敦眼：正轉著歐洲最大的眼珠馬不停歇地睥睨著深埋在教堂裡的詩人角。你能瞧見煉金士從墳塋中螢螢火起，騎乘著鐘聲飛出戴洛維夫人說要買花的街道；然後夫人從吳爾芙的羽毛筆下出走，邊走邊喃喃自語，她的宴會、她的美食以及她的忠誠。

你不知道所有倫敦的夫人都患有憂鬱症，在大笨鐘敲響第十一下時。泰晤士河流淌的可是詩人太濫情的心思，以意識流遊走騎士橋街（黛妃杳然的芳蹤），消失的歡樂，消失的哈洛茲，在優雅的Fortnum and Mason紅茶店品嚐經典格雷伯爵茶，讀夢裡小說未完的一章。

最終章從查令十字街帶離的書香味徹徹底底顛覆花神咖啡館的粉紅香檳慕斯與黑咖啡，然後你發覺英國佬有他們堅持的品味，像浪漫派詩人的樂章在特拉法加廣場下雪，雪花魅影輕輕下在波提切利的維納斯與戰神。原來午夜一過倫敦便大雪紛飛，而我遲遲不肯安歇像隨處漂浮的遊魂，更像攸里西斯一樣小說。

二〇二一年六月刊於《WAVES 生活潮藝文誌》第十三期

她離開的春夜

春天來臨她說她要離開。離開是黑色數字0，0沒有距離。然後她就站在塞納河左岸了。

一到黎明他便想到刻骨銘心這四字，每一個字都很熱很燒，適合清早拿來煮一壺藍山。一說是心痛（其實他常帶著假面具），這話不能太相信。相信就一下子變成黃昏了。黃昏搭著夜披風，那就很羅蘭巴特，這有點巴黎的憂鬱，你不能相信。

可他仍在台北街頭遊蕩，而信義區的上空是沒有小熊星座的。因為他在台北。因為她憂悒。因為她的憂悒並非一般的藍色。是黑水晶。適合讀莒哈絲在露天咖啡座。所以她要離開。

她的愛情很短，離開才是數字2，2是垂死的黑天鵝揮鞭轉，32圈獨舞讓他糊裡糊塗地覷著就昏睡了在劇場。而他昏睡得很BABY，她踩著很蕭邦的步伐正從二輪電影院出來的時候華燈初上。於是他說了一串夢話。

我的BABY，我回來了。她說。真好！

真的。她不擅獨居。她的床邊還有髒故事和鬼漫畫。

二〇二一年十一月二十六日刊於《聯合報副刊》

在蒙馬特

——用楊澤韻

瑪麗安，此刻我重返喧擾的蒙馬特，放棄學位，放棄高薪，放棄我們一向堅持的理想，在白色輝煌的教堂底下逡巡著往日僅存的一丁點記憶，那是被我們的法律宣告違法的禁地。

（瑪麗安，我依舊迷戀著妳的體香，想像著那薄荷味的肌膚，以及妳輕顫地嬌喘，當一襲蕾絲彈出那乳色的酥胸……）

「為了愛……」我這樣回答那些街頭圍觀的直人如此愚蠢的一個問題時，妳正用十足的信任緊擁我的腰肢。當年身著情人裝的我們跟著彩虹旗飄揚的隊伍，一邊用抗議的標語橫走巴黎的巷尾街頭，一邊唾棄在島內難以申請到的護照。

想此時妳被妳的男人擁懷入睡。眠夢中可還有我們曾經共繪的那幅彩畫麼？是的，我不敢再攤開被塗鴉的畫布，上面已掩去我的署名……

於是，我坐下台階思索著：在我們之前與之後，那樣一個有情人終成眷屬的年代竟然如此陌生又遙遠！我讀著隨身攜帶的小說家的遺書，憂鬱而感傷。若有匕首一支在手，立馬劃開那漂白的夢境，讓妳再次回到我們曾一塊赤腳奔跑的蒙馬特，說「這一切都為了愛……」。

二〇二〇年七月八日刊於《聯合報副刊》

謊言

你一再重複的謊言，最後竟突變為一隻麋鹿，朝著我內心裡硬闖。我著實慌亂了，心湖裡起著洶湧的波濤。

亂撞的麋鹿，起先不辨東西，後來終於摸清了方向，順著一波又一波的水流，向著湖心島泅游。

抵達小島上了岸來，他朝天嘯嗷數聲，原來是淒厲已極的狼嚎，令人不寒而慄。我等到的卻是他恣意的肆虐，那披著狼皮的連篇謊言。

聽信你舌燦蓮花的我，被你擄獲，終於失守。

二〇二〇年一月刊於《乾坤詩刊》第九十三期

在芝加哥

——贈瘂弦

第一趟到芝加哥旅遊，詩集的扉頁上記載的時間是我廿歲。正當秋天的那時，所有的美麗都被電解，放蕩的芝加哥城僅僅膠黏著煤油。我瞧見黃昏在煙囪與煙囪之間像膽小的天使撲翅逡巡。於是，我跟著年輕的詩人獨個兒吹著口哨，去找尋一隻昏眩於煤屑中的蝴蝶；他說，是的在芝加哥唯蝴蝶不是鋼鐵！那牠是何物？當汽笛響著狼狽的腔兒，我聽到一則預言：「在芝加哥我們將按鈕寫詩」在公園的人造松下。

然後是十年後第二次我又來到芝加哥。詩人告訴我說你太邪惡，兇手逍遙法外再去行兇；說你太卑劣，女人濃妝豔抹在煤氣燈下勾引涉世未深的鄉下草包；說你太殘酷，在幼童和婦女臉上可以見到飢餓肆虐的烙印。你暴躁、魁梧、喧鬧，有著一付寬肩膀，在那些矮小孱弱的城市中，是個高大的拳擊手，凶狠宛如一隻惡犬。只因他歌頌你是豬屠夫、工具匠、小麥儲存者、鐵路運輸家，以及是全國貨物的轉運人。

最後一回，四十五歲的我開車進入了芝加哥。終於我從文本走進城市來，霎那間迷航在密西根湖畔的大道上，遍尋不著已不逾矩的詩人那張二十多年前的導覽圖。轉入壯麗大道卻不見深淵裡的鐵路橋，只見Michigan Avenue Bridge伸出桑德堡的鐵臂，露齒來個大大的擁抱。在誕生也晚於詩人作品的Marina City Building，彷彿仍有一則方程式藏在玉米型圓滾滾的身軀裡，至此我的心遂還原為一支李察吉爾的引吭高歌——你的聲名狼藉讓感官血脈賁張。

原來芝加哥壓根兒不在瘂弦的地圖上，他依循的步伐是美國詩人的舊作。而我就這樣跟著迷路了——在我按鈕寫下芝加哥這首詩的當下。

二〇一六年六月刊於《創世紀詩雜誌》第一八七期

尼姑與茉莉花

——戲擬水蔭萍

植滿茉莉花的庭園洋溢著濃暖芳郁的氣息，夜氣黏纏地磅礴著。有著姣麗面貌的尼姑端端打開了窗戶，她伸出白白的胳臂抱緊胸懷。可怖的十三圓月中，神壇的佛像有儼然的微笑。端端的眼睛隨著夜晚而興奮清醒。影翳靜寂，燈徹夜燃燒。

從尼姑庵的廂房滲漏出的不知是普羅米修斯的彈奏，或者是拿坡里式的歌曲跳躍在白色鍵盤上……端端想到：「我的眼窩下何以僅照映著被遺忘的色彩？」

丈夫一逝世少婦J就把秀髮給剪短了，白喪服裡妻子修了指甲，櫻唇飾以口紅，描了細眉。如斯窈窕的夫人對剛過世的丈夫不哭，她只是夜晚和月亮漫步於亡夫的花園。

德步西被放在電唱機上，一再旋轉。竹亭內白衣斷髮的夫人搖晃著珍珠耳飾揮動指揮棒。住在茉莉花瓣裡的精靈隨著旋律隱約地擺動。

擺動的庵堂裡如意燈燈火繼續燃燒著，青銅色的鐘盪漾著寒冷的心。端端雙手合十禱告的正廳像停車場般寒森森。

夫人獨自潸潸然淚下，粉撲波動，沒人知曉投入丈夫棺槨中的黑髮。為要和丈夫之死的悲哀搏鬥，畫眉飾唇，悲苦向誰訴，夜長人奈何？蒼白的夫人仰起臉，帶在耳畔髮上的茉莉花，白色的清香被拖向月夜之中。

紅彩的影翳裡，韋陀的降魔杵閃了光，十八羅漢跨上神虎。淚流滿面的端端昏厥而倒下。

隨著黎明的鐘響端端醒轉了，濛濛發香的線香散發著幽幽的茉莉芬芳。正襟危坐的端端整整衣容拭乾淚漬，吟誦一陣又一陣的般若心經：觀自在菩薩，行深般若波羅蜜多時，照見五蘊皆空，度一切苦厄……。

二〇一〇年十二月刊於《新地文學》第十四期

收錄於《二〇一〇台灣詩選》（二魚）

靜夜思

夜半驚起，身上有著八十度的悲傷正緊緊纏繞著他。

未幾，悲傷使喚著他向方才浸濕的夢裡撈起那把隨身的瑞士刀；小刀讓他將射進旅店房內的月光一刀一刀地割著……

滿佈月光屍身的地氈，驀地竟在他淚滴的時候，一一溶成滿室白雪。

雪花冉冉飄落，在屋裡，將遠方那人的名字逐漸漫漶。

二〇二一年九月刊於《野薑花詩集季刊》第三十八期

月下聽琴

中秋過後的一輪明月高掛夜空，徐徐涼風頻叩半掩的紗窗，帶來絲絲浮動的蕭瑟意。漸漸地，這蕭瑟的意蘊似乎滲有微微的音響，傾耳聆聽，竟是一陣琴聲。

想來他無意聽聞，但這古琴的韻律彷彿在撩撥他的情緒，讓他的心律自動應合著聲音的節拍，或疾或徐，忽高忽低。再仔細品味，可以發覺這陣陣的琴聲其實是受過傷的，甚至是流過血的，令人惋惜。而這時，他還可以清楚地瞥見琴聲泛著深藍色的光芒，從夜風的輕拂中流洩出來……

索性推門外出的他，循著琴音踱步，往暫歇的旅棧後頭的小山上尋去。薄弱的藍光像一隻粗細合度的玉手指引著那蜿蜒的路徑，他竟然嗅得到琴音散發桂花的體香，恍惚中眼簾浮現多年前那位離散的少女倩影。

琴聲緩緩消失後，他來到了一座涼亭。四下無人，亭中央徒留兩個座椅。居中的木桌上擺著一本詩冊，只見上面的紙頁正翻到「松風寒」，似乎那三字還隱隱有著殘響……終而他再也壓抑不住，淚流滿面。

二〇一九年八月刊於《人間魚詩生活誌》第二期

溫暖的黑暗
——用商禽韻

夜半，月光福壽酒似地躡手躡腳從半開的窗牖進來房內，無意之間為我點燃一芯燭火。

忽明忽暗的燭火用雙手梳理她的秀髮，唱起一組烈焰般的歌曲。起初是壓抑的歌聲，繼而溫婉柔滑，旋即清澈嘹亮……旁白著一幕一幕的畫面，我就這樣看見那消逝的年華。

五十歲，我已穿越一株斷葦在池塘投影的三角之寧靜。四十歲，目眩於一塘盛開的淡紫色水薑花。三十歲，誠心把一位女子催眠為流質。二十歲，聲響是一隻受驚的鳥從熱鍋中飛起。十歲，棒棒糖在逐漸融化的加農砲管上閃閃發光……

明滅不斷的火光一一再現，直到最初的畫面——那極其溫暖的黑暗。啊！母親，您的初生之犢。

二〇一六年十二月刊於《吹鼓吹詩論壇》第二十七號

十一月

十一月是一條狹長的衚衕。我走了四十年，還沒走完。

在這冷清又帶點喧鬧的衚衕，我想像現代派詩人般逢上一位有著丁香味的姑娘，她撐著一把油紙傘……。走過五年佝僂的門牆，裡面傳出一陣陣嬰兒的嚎啕，哭向遠遠的前頭。拐個彎十年，有鞭炮聲打鼓擊出喜氣洋洋，有戶人家新娶媳婦正踏入門楣，庭院的鞦韆架上喜鵲啾啾。

再舉步，十五個寒冬，沉痛的咳嗽聲將病榻上的棉被疊成肺炎平躺的高度，有發燒的體溫擦身而過，不經意迎面撞上癩痢頭的小崽子，後頭傳來老媽子盛怒的叫罵聲，青春一溜煙不翼而飛。

此時悠悠風吹來，一方矮牆內緩緩送出三弦的琴音，一個老頭抱頭蹲在斑駁的門前不聲不響，有五年。我一發聲寒暄，沙啞的喉嚨一下子又老了五年。不遠處，衚衕的盡頭有株梧桐，用他的老態龍鍾朝我招手；遲疑間，路口旁貼著慈制的一間四合院，哭喪著臉，哀痛逾恆。

然而，我始終沒遇著那位丁香味的姑娘。一回頭，反倒是悲多芬的第五號把我驚醒：十二月尚未出生，我仍然走在十一月的路上……

二〇一六年十二月刊於《野薑花詩集季刊》第十九期

除夕

這一年馬齒徒長，心亂如麻，晨昏顛倒，一事無成。

瞧著被我翻盡的日曆，真想日子重新來過。心念一動，仿自白髮蒼蒼詩人作法，忿然把最後一頁撕成三百六十五塊，一小塊一小塊地，試圖依序拼湊那逝去的歲月，勾勒出一幅差強人意的圖畫。

就在最後一小塊碎片即將補綴完畢前，屋外突地一串霹靂啪啦鞭炮聲響，被新春蒞臨一驚，隨手弄糊了已拼湊好的碎片，我這一年的日子跟著魂飛魄散，終至消逝無蹤，難再尋覓。

除夕夜罄，以一星流逝的光芒劃過天幕，像打了一條斜槓。

二〇二一年二月九日刊於《人間福報副刊》

一則業配文

這位詩人真真是千面女郎。

讀她的詩像一陣溫柔的和風，吹拂微燙的面容，緩緩地彳亍在異鄉的巷弄。讀她的詩，發覺你與班雅明並肩走在巴黎街頭，一起啜一杯流光，瀏覽裸體的午後斜陽，迷醉在咖啡的左岸。

讀她的詩在夢裡，星空會更希臘，黑暗更醒目，而返照的哀傷將更為純粹，歡笑則更為透明，你將不會想起夏宇在台北，零雨在宜蘭。

讀她的詩你總感覺渾沌一片，卻具有火山爆發的能量，顛覆了雄性的規矩方步，讓你看見美杜莎以她的陰性書寫在發笑。

讀她的詩會給你百折不撓的意志，不去沙河之洲，不守空閨幽怨，叫浪蕩的雄性動物不用回家，鄭愁予不必老是犯錯，林泠也毋須微悟。

她有著通體的花香，自由自在開放。茉莉、百合，還有天堂鳥……散發比古典更古典的醇情，比現代更現代的孤獨，也比後現代更後現代的遊戲人間。

只要你把她翻開，她的詩嗅得香，聽得卿，看得靚，摸得舒爽，擁抱得惆悵，是謂「人間難得幾回聞」。

她是我最鍾愛的繆思，出自我一手調教的拿到學位的女徒之手。她這冊別緻的詩集值得你徹夜捧讀，讓你翹起大拇指幫她按讚。

二〇二〇年九月刊於《野薑花詩集季刊》第三十四期

魔鏡・魔鏡

鏡子說她向來有許多關於雌性的傳說。
而她偏不信邪，她的妝鏡從不對她說謊。她得每天幫她編一個故
事，像床邊的童話故事容易讓人放鬆神經昏昏欲睡。
青春是宗教而美是毒藥——這才是她的信仰！所以鏡子春夏秋冬都
對著她微笑。什麼悔教夫婿覓封侯，那才是笨女人的〈心經〉。
她的妝容如流水直到有天出自一個髫齡之口的一個字，令她心驚得把
鏡子反面再端詳，才發現她竟然是男性——一位懂得說甜言蜜語的男人。
（你早就該想到的）妝鏡被狠狠摔成碎片！她的花容還有月貌，嚇
得紛紛逃逸……
她聽到的傳說其實是雄性的。

後記：此詩發表時，原題為〈鏡子〉。
二〇二二年六月刊於《野薑花詩集季刊》第四十一期

銅像

風和日麗的往常，身著午夜藍中山裝的偉人銅像，微抬著頭，含笑面向遠方。

颱風來臨前夕，月黑風高，幾位穿著深綠色制服的學生，躡手躡腳將他雙腿給鋸掉。其實他佇立了幾十年，寸步不移，早就不能走動了。

翌日風雨交加，任憑風吹雨打的銅像，倒在一旁。雙眼滿布魚尾紋的他，滿臉都是風霜，竟沒一人能看透他的心事——早就想一聲不響地偷偷溜走。

二〇二一年一月刊於《秋水詩刊》第一八六期

接力賽

不知何時槍聲已經響了，第一棒的祖父氣喘吁吁地早就賣力衝出，在上氣接不著下氣時，因心臟病發將棒遞給父親。年輕的父親接棒後起先健步如飛，臃腫的身軀卻越跑越沉重……他跑了好長一段路後，到我這一棒終因高血壓不支倒地。養精蓄銳的我志在雪恥，揚言要將落後的時間追回來。

為了我的兒子，我只能做拼命三郎；而他正在未來等著我（時間啊！我贏不了你）。眼看著即將傳給我未來的最後一棒……

還在遠遠的地方等我的，竟然是流著淚的女兒。

二〇二〇年九月刊於《吹鼓吹詩論壇》第四十二期

我是畫家

旭陽剛從黑夜起身，年少的我把天空攤開作畫布。我畫著那一身流淌的雲，無心以出岫的雲朵，有著童稺的氣質，她輕快地配合著我節奏的彩筆，一會兒白，一會兒藍，一會兒青……。

晌午，似乎發著脾氣的豔陽，把偌大的天空給蒸熱了，那皮膚發燙的雲們，逐漸被逼仄於畫布的一隅，又讓我給挪至上方的空白，將山巔遮蓋。索性我叫天空變臉，白雲頓時成了烏雲，雨兒就蹭到中年我的畫布裡，隨著雷電跳躍，忽快忽慢。

總能雨過天晴！我的雲們先是列隊飄移，依序前行；當黃昏來臨，夕陽要告別遠山近樹去向明日招呼前，終而解散，朝天穹散開千里，宛如我想像中的彩霞滿天，向我昭告未來老年的我即將完畫的一筆。

然而，我還在作畫，還在天空裡畫著我的雲朵。

二〇二一年十月刊於《秋水詩刊》第一八九期

那件花襯衫的下落

那件老氣的花襯衫已經生活在桃花心木衣櫃裡多年，對於我每天的視而不見，頗有皺紋的他從未有怨言，在門開門闔的當下。

我壓根兒忘了他的存在，直到有一天暮春三月，窗外雜花生樹，群鶯亂飛。在我打開那天早晨的霎那，突然怯生生地輕喚我穿他。

我穿上他了。想不到皺紋卻寫在我略有風霜的臉上一時不察，踏出家門走在路上，頓時發覺春天用狐疑的眼神上下打量我，而後吱吱喳喳笑個不停，說花襯衫他是賊，竟能老而不死。

花襯衫的確錯了，他想幫我偷回之前已逝的時光，讓我返老還童。

翌日當我打開驚訝時，才發現那件花襯衫已一聲不響悄悄溜走，再也找尋不到他的半點蹤跡。

二〇二一年四月十五日刊於《聯合報副刊》

在研究室

下一位是……

她患的是暈眩症，題目的問題意識模糊，想出的概念曖昧不明，牛頭不對馬嘴。

發高燒的他來看複診，但連我開出針對結構問題改善的藥方，卻未按時服藥（心裡難免怪我沒對症下藥）。

又一位憂鬱症患者，她交出的章節常常失眠，讓自己頭痛也讓我感到棘手。

還有幾位老是在寫作格式上出舛，彷彿久治不癒的便秘，幾乎令我束手無策。

原來我的研究室是專治論文疑難雜症的診所。春夏秋冬來來去去，研究生進進出出。我的思緒越來越胖，而記憶卻愈來愈瘦……

二〇二一年九月十七日刊於《聯合報副刊》

四壞球

一開始急著想招呼對方，第一球便和勝利擦身而過；再來是偏外角的指叉球，在美好的歲月之外進壘。

接著是和青春對撞的紅中直球，一顆打者竟然不屑一顧的好球。

第四球挖地瓜……第五球投出鐵鏽色的內角曲球（我的蒼天不語），奉送打者一個壘包。

炙熱的午後陽光此際陡地攬住一大片烏雲。而我的壞球如脫韁的野馬，兵不血刃地讓對方長驅直入——回到本壘得到一分；然後又是一分！

於是，我黯然地走下投手丘，走出那一片兀自籠罩著四周的烏影（此時球場上第一局還在廝殺）。

那一年的夏天，終於下完一場軍容盛大的雷雨。

後記：民國六十年全省電工杯少棒賽於彰化舉行，我擔任新港隊第一場比賽的先發投手。第一局我就控球不穩失去準頭，連續四壞球保送對方得分，連一個出局數都沒抓到，便讓教練換下退場。賽後未久，我主動離開球隊，從此不再打球，發憤圖強，走上升學之路。

S. L.和寶藍色筆記

薄暮的黃昏，你把關了一季的落地窗打開，收拾好頑皮的心情，養在書齋裡的精靈不聽使喚地亂竄起來。疊滿柴可夫斯基專輯的唱機旁你預留的兩支蠟燭尚未點燃，還有一根白色修長的指揮棒擱在黑色筆記本上。「黑暗帶來了聰明絕頂的人，我沒見過他，必是如此，神秘的傳承因此中斷」我剛好讀到四十八頁。

時鐘敲了六下。月色是海潮自籬圍七里香盤據的位置漫漶過來。不點燈，黃昏像走累一天的旅者潛回去沉睡。「我沒見過他，不曉得他到底航行過，歷史上那些角落，不曉得他，是否出現過……」我們豢養將近半年的精靈乖寶寶在黑暗的摸索中頡頏的從你的眼光跳到我的眼光，側面凝睇你手寫的幾個斗大的字跡鋪成和皎潔的月色互成犄角之勢。S. L.說不喜歡夜，而你那些精靈們卻嗜好成性。我讀的這段歷史從沒光亮過。

「黑暗帶走聰明絕頂的人次一等的人難堪地和全世界留在黑暗裡再次一等的人是不是自願和黑暗擁抱」聰明絕頂的人拒絕黑暗。寶藍色的，S. L.喜歡，恰巧被打開的夜的星幕也是這般的顏色，那，柴可夫斯基第四號豈不也是？S. L.玩弄指揮棒一一點列精靈們，我心中則為他們哼一首不成調而讓我們憶起復忘記的歌（歌辭是我填的但我常常記錯）。我方特意買了本筆記予你，封面是寶藍色的像精靈的膚色，頎瘦的長度則酷似我眼中所見你透明的胴體。

寶藍色的女體一次又一次寫滿了我的字；其實，S. L.你並不滿意，不滿意我愛吹噓的美學觀點，只因你維多利亞似的涵養把那群蝌蚪樣的精靈音符一行一行天衣無縫底依序排列在柴氏寶藍色的筆記本上。而我始終聽不懂這群精靈的語言是我最頭痛的事，於是我也想養殖屬於我的幾隻繆斯在你為我購置的同款式筆記裡，邀她們彈奏豎琴給你聽，並撕去羅智成的最後一頁——但是你不該追上來不該穿著如此奪目你使我憂鬱因窘迫而慍怒惡意的宣傳家將曲解一切我們將飽受訕笑僅存的愛情也破碎了……

一九八八年八月十八日刊於《中國時報人間副刊》

夜以繼日

沉眠許久了，白晝，我的身體悠悠然甦醒，舒伸懶腰，先把色彩絢爛的衣服脫個精光。然後，再從這副臭皮囊開始抽取：我的喜樂，我的憤怒，我的傷慟，我的哀戚……還有我的敏感，慾望，思想，以及我的愛，我的恨。這些房客住在身體裡，以各種樂器有時是獨奏或者協奏，甚至來個交響樂演奏。我常不由自主地要聆聽它們輪流演出的音樂會。這回原本不聽使喚的身體終於做起自己，全部都將之掏空了完成這一浩大的重建工程，疲憊的身體卻又再度入睡了。

我的靈魂則在半夜翻轉醒來，又回到已經出脫的身體，先給它架起畫布，繼之開始塗抹，先是一筆愛麗絲藍，接著是普魯士藍，然後是孔雀綠，祖母綠，以及月光黃，玫瑰紅，骨董白……極盡五顏六色之調配。只不知這是第幾回作畫了。

春去春又來，音樂繼續演奏，彩筆依然作畫；而我的身體老了，靈魂也跟著老了。只有夜以繼日的時光永遠不老。

一整個月無夢

在秋分的整整一個月，竟然夢不到任何一個夢……。

原先只是自我安慰：我不過捕捉不到那隻翩翩然的蝴蝶而已！而且平日的我幾乎無夜不夢，甚至在我的詩裡，動不動就昏睡，因為夢是詩人的原鄉，一頭栽進去了，便不想再走出來。於是，我的夢便有一千個一萬個……。

一千個夢一萬個夢，是座迷宮樣的森林，深陷在最深的部位，連鷹的翅膀也飛不出去，夢的邊界有最雄壯的守衛。而在夢的出境證被註銷的當下，泅游在夢的大廈裡，我遂日日夜夜向一層又一層的夢境全面啟動那夢中之夢：夢的第一層，與上世紀三〇年代詩人相晤一室共讀書；第二層索性摘下英國浪漫詩人膾炙人口的詩句；第三層則買醉在法國象徵派詩人的小舟上一同徜徉；深入了第四層，來到櫻花樹下品飲日本俳句詩人一壺撲鼻的茶香；再至第五層，竟然是雞犬不聞桃花盛開的山村，有種豆南山下詩人的輕吟……。

然而，是的，這整整一個月，我那些無數的夢則像遇到瘟神似地，一個接著一個染病，消瘦，枯萎，甚至死亡。我沒得再優游，夢已成無水的沙漠。待我重新翻閱處女集，始驚覺我已被宣告喪失夢的戶籍，裁決放逐在外，限期不定……。

原來我曾故意向自己毀謗說：「載著我夜間飛行／我的詩／是毋須睡眠的」，只有白日夢才能寫詩？斯乃詐欺行為也！而我的夢就這樣一去不回頭。這個月分，我也就成了詩的拒絕往來戶……。

二〇一七年八月刊於《文訊雜誌》第三八二期

夢中之夢

週二下午三點一刻擲地無聲書的作者電告時代副刊新
闢繆思解放區請為之賜稿一篇題曰老人的聯想時在歇
下卡夫卡的蛻變後兩日翌日凌晨三點請出私藏甚久的
繆思乘著蕭邦的翅膀繞匝三周刷刷筆聲中竟然沉沉陷
進夢境裡一九九一年四月十日午夜雨歇天涼已屆耳順
年紀的我趴在尚未脫稿的六百字稿紙上昏然醒來桌旁
一角妻沏好的龍井餘溫已盡從窗遠眺幾百公尺遠的山
腰上似有七號公墓的磷光閃爍幾點接續未竟之文趕在
明天晚報下班截稿前傳真最近幾年或因年老色衰漸有
力不從心之感眼見入睡擱筆之前最後的句子晚境的心
情如同童穉之心返璞歸真如同輪迴不見淒涼思緒亂竄
已難成篇輕微的高血壓鎮靜劑少服注意膽固醇過高性
愛次數銳減固執健忘成人紙尿褲資深國代銀髮族時代

來臨頭銜加起來五個半早安晨跑或者打太極拳健身安樂椅童山濯濯一〇一新公園老火車頭台北迪化街 OL-DSMOBILE Cutlas Ciera I 創世紀和藍星詩刊老花眼鏡一種賡續不斷有關老年的自由聯想方式油然而生彷若此刻趕稿到頭昏眼花的我霎那間成了這些難以補綴的意象組合而來的怪獸在密密麻麻的稿紙上張牙舞爪初春的晚風從窗櫺偷偷溜進書室再順勢滑入老獸我的夢境裡夢境外臥室那頭妻依稀扭亮了檯燈沉沉睡去的是髮已禿的我昨夜留下來過夜的女友進房來換了一杯熱茶的同時正值而立之年的我茶然醒來呷了口溫暖赫然發覺輕微的高血壓鎮靜劑創世紀和藍星詩刊等一大串後現代拼湊的無聊詩句題曰老人的聯想拼命擠滿一頁六百字的方格裡文後註明日期是一九九一年四月十日臥室柔和的橙色燈暈轉弱想到今早上班後可如期交稿睡意便告再次來襲魚肚白的天色中我從夢中驚醒宛如做了一場年輕卅歲的夢才憶起周二下午三點一刻

擲地無聲書的作者電告時代副刊新闢繆思解放區請為之賜稿一篇題曰老人的聯想時在歇下卡夫卡的蛻變後

一九九一年四月十四日刊於《中時晚報・時代文學周刊》

夢中再夢

週二下午三點一刻，《擲地無聲書》的作者電告《時代副刊》新闢「繆思解放區」，請為之賜稿一篇，題曰「老人的聯想」，時在歇下卡夫卡的《蛻變》後兩日。翌日凌晨三點請出私藏甚久的繆思，乘著蕭邦的翅膀繞匝三周，刷刷筆聲中，竟然沉沉陷進夢境裡。

一九九一年四月十日午夜，雨歇天涼，已屆耳順年紀的我趴在尚未脫稿的六百字稿紙上昏然醒來。桌旁一角妻沏好的龍井餘溫已盡，從窗遠眺，幾百公尺遠的山腰上，似有七號公墓的磷光閃爍幾點，接續未竟之文，趕在明天晚報下班截稿前傳真。

最近幾年或因年老色衰，漸有力不從心之感。眼見入睡擱筆之前最後的句子——晚境的心情如同童穉之心，返璞歸真；如同輪迴，不見淒涼。思緒亂竄已難成篇：輕微的高血壓；鎮靜劑少服；注意膽固醇過高；性愛次數銳減；固執；健忘；成人紙尿褲；資深國代；銀髮族時代來臨；頭銜加起來五個半；早安晨跑或者打太極拳健身；安樂椅；童山濯濯；一〇一；新公園老火車頭；台北迪化街；OLDSMOBILE Cutlas Ciera Ⅰ；《創世紀》和《藍星》詩刊；老花眼鏡……一種賡續不斷有關老年的自由聯想方式油然而生，彷若此刻趕稿到頭昏眼花的我，霎那間成了這些難以補綴的意象組合而來的怪獸，在密密麻麻的稿紙上張牙舞爪。初春的晚風從窗櫺偷偷溜進書室，再順勢滑入老獸我的夢境裡。夢境外臥室那頭，妻依稀扭亮了檯燈，沉沉睡去的是髮已禿的我。

昨夜留下來過夜的女友進房來換了一杯熱茶的同時，正值而立之年的我茶然醒來，呷了口溫暖，赫然發覺輕微的高血壓、鎮靜劑、《創世紀》和《藍星》詩刊等一大串後現代拼湊的無聊詩句，題曰「老人的聯想」，拼命擠滿一頁六百字的方格裡。文後註明日期是一九九一年四月十日。臥室柔和的橙色燈暈轉弱，想到今早上班後可如期交稿，睡意便告再次來襲。

魚肚白的天色中我從夢中驚醒，宛如做了一場年輕卅歲的夢，才憶起周二下午三點一刻，《擲地無聲書》的作者電告《時代副刊》新闢「繆思解放區」，請為之賜搞一篇，題曰「老人的聯想」，時在歐下卡夫卡的《蛻變》後。

後記：此詩原以〈夢中之夢〉之題刊登於《中時晚報・時代文學周刊》（一九九一年四月十四日）。

二〇一七年九月刊於《吹鼓吹詩論壇》第三十號

電梯

門一開，孤獨走進來陪妳。妳開始跟著下墜——下墜——下墜——懸崖出現，反過來撐著妳被拉長的身軀。

懸崖說妳不必畏懼，畏懼是來自地底的夜叉；孤獨卻在這時與他狼狽為奸起來。

妳持續下墜——像生命的沙漏。隨後，憤怒憂悒哀傷悲痛還有恐慌也一同下墜……

最後，下墜抓著妳說拉我一把吧！

凌晨，夢來搖醒妳。淚珠閃閃的離婚協議書俯在床頭不寐。

二〇二二年九月十六日刊於《聯合報副刊》

教師節日記

07：15

早晨從我潛藏的迷夢中醒來，有鳥啁啾在窗外。
發覺比平日早了一刻鐘回到白天來。

07：35

早報是第一道先上桌，早餐遂從自在飛花輕似夢起頭。
又是骯髒的頭版令人翻胃。一直翻到副刊，讀詩一首。
影劇版散發點腥羶味，和昨天一樣八卦。

08：55

漁夫帽，背包，NAPAPIJRI防風薄外套，雨傘，一起出門。等公車。上班路上繼續如歌的行板。
（可手錶時間是09：10；原來鬧鐘自己躺著休息了一刻鐘）

08：55—09：10

（是我多活了或少活了這十五分鐘？）

09：30

進入校門，提前打開研究室，整理凌亂的心情。窗外有鳥啁啾。

10：10

與生一席談。「夢裡花落知多少？」

風聲裡校樹打哈欠，教室則和周公在拉鋸戰。

11：55

《論語》：「初秋者，秋裝既成。冠者五六人，童子六七人，浴乎沂，風乎舞雩，詠而歸。」

你們如沐秋聲嗎？（有〈秋聲賦〉可讀）

12：10

研究生不研究，放風去也。陽光也不陽光。眾雨，連袂齊步來訪。

15：30

漁夫帽，背包，NAPAPIJRI 防風薄外套，雨傘，一起出門。等公車。返家路上繼續如歌的行板（行囊內可沒有痖弦）。

16：16

雨歇門開上樓脫下NAPAPIJRI。燒一壺茶把伯爵找來談心。TEA TIME妻賴留言生日快樂。生日快樂女兒也賴了一個蛋糕貼圖。再滑下去，有一大串親友和學生……

17：55

終於有一首詩來把我完成：今天是教師節我的生日。

20：10
一刀切生日，切蛋糕；切過去；切無聲和有聲的日子。妻女的祝福許一個遙遠的未來。我說國泰民安（這只是個笑話）吹熄蠟燭。

22：11
今天是一則流水帳文本：「散文不像散文＋詩不像詩」＝「教師節這一天」。
窗外有鳥不啁啾。

二〇二二年十月刊於《子午線台灣新詩刊》第五期

流質

黃昏來到故宮廣場，名喚賈西亞的那人在振臂疾呼倒下後，從身上流出的鮮血，沿著至善路一直流下去到中山北路，經過圓山飯店再繞過中正紀念堂，直到羅斯福路他家的客廳。

正在捧讀商禽的那個受孕的女人，起身把她的丈夫舀起來，通體竟散發出一種不知名的花香……然後走到陽台雙腳離地——（哦，不用緊張）她並非縱身一躍，而是輕輕地朝夜空飛起來。繽紛的花香流瀉出他的史麥塔納，接著一個個小精靈從她的凸肚生出來，讓此時皎潔的月光變了個模樣。

社區裡瞧見這一幕的人，也一個一個都感動地掉下了淚……

後記：名喚「賈西亞」的那人，在本詩發表時叫做「布勒東」。

二〇二二年十月刊於《乾坤詩刊》第一〇四期

夫子自道

別卷

我的散文詩美學

一、前言

第一位使用「散文詩」（poème en prose; Prose Poem）此一詞彙的法國象徵主義前驅詩人波特萊爾（Charles Baudelaire），被公認是現代散文詩的鼻祖[1]，在他出版名著《惡之花》（一八五七）之後，覺得意猶未盡，再用散文形式寫成《巴黎的憂鬱》（一八六九），這是一本被視為具有現代意義的散文詩的開山之作，而波氏四十六歲的一生只出版

---

1 事實上，在波特萊爾之前法國浪漫主義詩人貝特朗（Aloysius Bertrand）的散文詩集《夜間的卡斯帕爾》（或譯為《加斯巴之夜》）才是散文詩的開山之作，參閱許淇，〈外國散文詩鳥瞰〉，收入許淇等主編，《中外散文詩鑑賞大觀》（桂林：灕江，一九九二），頁三。波氏讀過該書，顯受其啟發；作曲家拉威爾（Maurice Ravel）也將之譜成同名的鋼琴樂曲。然而，由於該作描繪的是夢幻和想像中的「古典幽境」，欠缺現代性特徵，因之只能被視為散文詩的發軔之作。參閱黃永健，《中外散文詩比較研究》（北京：光明日報，二〇一三），頁五。

過三本詩集（另一冊為《人造天堂》）[2]，可見這本散文詩集在他詩創作中的分量。波氏為何在寫作分行詩集《惡之花》之餘，仍要出版這樣一本散文詩集呢？在《巴黎的憂鬱》的序文（〈給阿爾塞納．胡賽〉）中他說出了底下這一段創作的初衷：

> 老實說，在那懷著雄心壯志的日子裡，我們哪一個不曾夢想創造一個奇蹟——寫一篇充滿詩意的、樂曲般的、沒有節律沒有韻腳的散文：幾分柔和，幾分堅硬，正諧和於心靈的激情，夢幻的波濤和良心的驚厥[3]？

這說明了他為何想創作散文詩的理由，同時也指出散文詩的寫作與分行詩的不同需求。就創作的詩人而言，有些想法、經驗或感情，適合以散文詩的形式表現出來，他就不會選擇分行詩來寫作。散文詩不僅「形」與分行詩不同，連「神」也有所差異：前者不僅指分不分行，還

---

[2] Charles Baudelaire著，亞丁譯，《巴黎的憂鬱》（桂林：灕江，一九八二），頁三。

[3] 同上註，頁二。

包括篇幅大小；而後者則涉及詩的肌質（texture），如同黃永健所說，涵蓋節奏、韻律、意象、意境等「詩性元素」的差異[4]。雖說散文詩係出自一般分行詩的次文類，除了其屬性皆為詩之外，如上所述，兩者在「形」與「神」上卻都有所分屬，而詩人寫作分行詩或散文詩也必得內蘊有此等文類意識。

我寫作散文詩也確實有此考量。而這得從最早我寫於上世紀八〇年代與九〇年代初的三首散文詩〈禿頭的自白〉、〈S. L.和寶藍色筆記〉與〈夢中之夢〉說起。我初寫詩，自然是以抒情分行詩（lyric）走進繆思王國，但當時收進我處女作《S. L.和寶藍色筆記》（一九九二）裡的這三首散文詩，之所以選擇以散文詩形式呈現：前一首係基於敘事／說理考量；而第二首因為間夾襲用羅智成的詩句，並形成一連串綿密的長句，一瀉千里的情緒，不宜分行銜接，否則將形成一頓一頓的感覺，使得這首lyric反而以散文詩面貌問世；後一首則如題所述，為賡續那夢中之夢，讓夢境連接不斷，除了刻意不用標點符號外，更適合以散文形

4 黃永健，頁三。

式來敘事造境。然而，這三首散文詩終究是曇花一現，直到第三本詩集《戲擬詩》（二〇一一）始見有另兩首散文詩〈尼姑與茉莉花〉和〈獸〉，前者戲擬水蔭萍的〈尼姑〉與〈茉莉花〉而後者則諧擬蘇紹連的同題詩作，由於戲仿的原作均為散文詩，仿作自然仍以散文詩面貌出現。

興發我有意創作散文詩是在我第五本詩集《我的音樂盒》（二〇一八）寫作的階段，是書收進我七首散文詩作，除了〈夢中之夢〉[5]之外，全為新作，其中最早的〈撕破臉〉和〈在芝加哥〉發表於二〇一六年六月，寫作時間約在當年上半年。這當中，〈撕破臉〉和〈在芝加哥〉以及另一首〈溫暖的黑暗〉，其發想仍有《戲擬詩》的遺緒，乃至係最早〈S. L.和寶藍色筆記〉的「返照」，或因此時我對於文本的互文性（intertextuality）大感興趣而有以致之[6]。而此一發想後來也慢慢形

5 但這首再現的〈夢中之夢〉，於《吹鼓吹詩論壇》重刊時，我特意加了標點符號，可謂是新版之作。

6 可參看我於《我的音樂盒》所寫的序文。孟樊，《我的音樂盒》（新北：揚智，二〇一八），頁Ⅲ-Ⅳ。

成我具體的寫作動念並付諸實踐，終而交出這一冊散文詩集。然則，我究竟是如何寫作這本散文詩集？讀者或有興趣想了解，底下我就野人獻曝來說說我的「作法」。

二、形式

散文詩在形式上近於散文——即不分行排列，但「在訴諸於讀者的想像和美感的能力上說，它近於詩」[7]，正因為如此，與一般散文有所不同的是，誠如林以亮指出的，「無論在文字和感情上，它都顯得更經濟、更含蓄、更緊湊」[8]，換言之，這是散文詩創作在形、神上的經濟原則（economic principle），譬如林氏所舉的美國詩人史密斯（Logan Smith），他的散文詩就符合此一經濟標準，段落不多，篇幅也簡約，如〈星〉、〈社交成功〉等詩都只有兩段；基此原則，他要告誡年輕詩人的是：「必須把作品刪，盡量刪，刪到無可再刪。」否則文字被拉成

[7] 林以亮，《林以亮詩話》（台北：洪範，一九七六），頁四十五。
[8] 同上註，頁四十。

幾千字的散文，在表現上便顯鬆散無力[9]。台灣大多數的散文詩，如商禽、蘇紹連、渡也、李長青……他們的散文詩作大致都符合此一經濟原則。我大半的散文詩作如：〈說經〉、〈飛〉、〈接力賽〉、〈變形記〉、〈羅生門〉、〈魑魅〉〈HOMOPHOBIA〉……也都依循此一經濟原則，儘管未必僅限於二、三個段落，在形制上仍謹守短小精悍的創作要求。

然而，誠如波特萊爾在《巴黎的憂鬱》扉頁上的〈卷頭語〉所言，他這本散文詩較諸《惡之花》「更為自由、細膩、辛辣」[10]——有無辛辣，先擱置不談，但在詩的形式上以及表現的情思上，更為自由與細膩則是可以肯定的。以篇幅長短言，又稱為「小散文詩」的該書，所收五十篇詩作，最短的〈鏡子〉只有一四一個字（有四段），的確是一篇「小散文詩」，但最長的也有像兩千四百字〈英勇的死〉這樣的長篇詩作，其他像〈天賦〉（二〇二〇字）、〈誘惑，或者色，財以及榮譽〉（一九〇〇字）、〈慷慨的賭徒〉（一九一〇字）等詩，篇幅也都不

9 同上註，頁四十—四十一。

10 「辛辣」一詞有譯為「譏諷」。

短，大體上，就篇幅字數而言，《巴》書詩作大多數約在百字到千字之間[11]。於此，黃永健在《中外散文詩比較研究》中援引西方學者的說法，指出散文詩篇幅一般不超過一至二頁[12]。但以波氏兩千多字的散文詩篇幅來看，這在台灣詩壇可算是長篇鉅制了。

換句話說，上述林以亮的經濟原則——單就篇幅而言，並不能成為散文詩創作的金科玉律。而在《巴黎的憂鬱》之後出現的韓波（Arthur Rimbaud）的《地獄一季》、聖—瓊・佩斯（Saint-John Perse）的《遠征》、里爾克（Rainer Maria Rilke）的《軍旗手的愛與死之歌》[13]都可說是開長篇散文詩之先河，散文詩未必就是短小精悍了，即以阿什貝利（John Ashbery）長達一一八頁的《詩三篇》（一九七二）為例，雖然有人不認為它們（三首）是散文詩，但除了詩人自己認為那是一篇長詩

---

11 黃永健，頁九十六－九十七。但〈鏡子〉一詩根據本文徵引的亞丁譯文，合共一三九字。

12 同上註，頁九十七。

13 據悉，里爾克的〈軍旗手的愛與死之歌〉（也出單行本）一詩篇幅近六千字。同上註，頁一一一。而魯迅的〈過客〉、〈死後〉兩首散文詩也不算短。參見氏著，《野草》（台北：風雲時代，一九九〇），頁四一－四九，六九－七四。

（a long poem）外，墨菲（Marguerite S. Murphy）等人也都從散文詩角度予以深入探討。《詩三篇》所呈現的離散性、去中心化，乃至多聲部交叉併陳，引進各種非文學性話語，讓各種「散文」之聲進入詩中[14]，顯然已非當初波特萊爾的「小散文詩」可以想像；不說《詩三篇》，光說讓阿氏揚名立萬的〈嚎叫〉，其長度就令人乍舌了。

在台灣要找出像阿什貝利等人那麼長篇幅的散文詩還真不容易，像商禽那首超過二千字的〈蚊子〉（二十八段）實在是鳳毛麟角，絕大多數的散文詩仍然緊守著經濟原則，我自己的詩作如〈S. L.和寶藍色筆記〉、〈二十一世紀新聊齋〉、〈尼姑與茉莉花〉、〈夢中之夢〉、〈一部台灣文學史〉等，雖有意將篇幅擴大，但仍不到一千字，甭說是阿氏那長篇〈嚎叫〉，就說是波氏那兩千多字的散文詩也無法比肩，連小巫見大巫都談不上。

在經濟原則下，散文詩段落必不能多（其實一首二、三十行的分行詩情形亦同），台灣散文詩似以二至四段最為常見[15]。然而，在波特萊

14 同上註，頁九十八—九十九。

15 依陳巍仁之說，台灣散文詩以二段式詩作為大宗，但新世代年輕詩人所寫的多段式

爾寫作《巴黎的憂鬱》時，段落多寡本就不成問題，長篇幅如〈英勇的死〉就有十九個段落，短篇幅如〈鏡子〉也有四個段落，但另一首短篇〈港口〉卻只有獨段成篇，換言之，如何分段以及段數多少，乃視詩本身如何表現而定。有鑑於此，我的散文詩也不在乎段落多寡，從獨段如〈波斯貓〉、〈夢中之夢〉、〈冬日的失眠晚課〉到十九段的〈一部台灣文學史〉，都有不同的分段設定，但以四至六段最多（四段尤多），段落則長短不一，而多段數則往往都是短段落，如有七段的〈當頭棒喝〉：

冬日。我在——這裡，遠遠呼喚對面的山。山對我不理不睬。我就走進他的懷裡。

走入山腰的我要向他問個明白：「生命是什麼？」

迎面而來的一位禪師雙手合什說：「見山是山，見水是水。」

不解的我來到了一座涼亭，碰見候我的詩人撂下一句話：

「我見青山多嫵媚——」

（二段以上）散文詩則已超過二段式，成了他們最常採用的結構方式。參見陳巍仁，《台灣現代散文詩新論》（台北：萬卷樓，二〇〇二）頁一七〇，一七四。

下山時分，一直沒有遇見降雪。然後在野鴉點燈的下坡路上返家。

坐回書齋，布萊克且回我話說：「你得從一朵花窺視天堂。」旁邊的沙特馬上搖頭：「No，No，你的存在先於本質！」不服氣的梅洛龐帝卻嘆道：「身體，身體才是你！」

我仍然苦思良久，敲破腦袋始恍然：不就是這首剛寫下的詩，而我自己便住在那裡頭？（外頭此刻正開始下起紛紛白雪……）[16]

這首具有禪悟神思的散文詩，每個段落的敘事極為簡約（但仍比分行詩細膩），因為它的焦點在「我」的「頓悟」，雖然這個「悟」是讓「我」琢磨好久才得以領會——所以一段一段來，其間的敘事只是過場的交代，宜去蕪存菁[17]，段落須短。

16 孟樊，〈當頭棒喝〉，《乾坤詩刊》，第九十九期（二〇二一年六月），頁二十五。

17 另兩首〈在研究室〉與〈四壞球〉，寫作過程一改再改，從初稿到定稿，文字起碼刪掉一半以上。

段落的多寡與長短既無定制，則形式上的不分行便成了散文詩最大的公約數。果真如是？散文詩畢竟是從分行詩的桎梏「脫軌」而來，因而我們可以看到一些散文詩仍帶有分行的「遺跡」，或者說是夾帶分行的詩句，譬如波特萊爾的〈藝術家的「悔罪經」〉就夾帶了五個分行的詩句。蘇紹連《隱形或者變形》中的〈布景〉、〈地下道〉、〈我在電腦裡養了一隻貓〉、〈比目魚〉等散文詩亦有這種分行的嘗試。我認為這是詩人在形式上求變的革新，而非原來分行的殘留。我的〈曇花一現〉中間夾帶的十個分行（包括一個刪節號）便是出於這種考慮。

再者，我的散文詩絕大多數就如上所舉之詩使用標點符號，而台灣創作散文詩的詩人多半亦如此，但少數詩作另有考量不用標點符號，如孫維民的〈小站〉一詩[18]，敘述黃昏時分一列火車停靠在一個陌生的小站，幾乎空洞的車廂以及空無一人的月台，透露出一種鬼魅的氣息，詩人故意不用標點符號，以暗示一節一節車廂的連結沒有斷點，就像詩中人不斷流動的意識流[19]。這也像我的〈夢中之夢〉一樣，夢中之夢不斷

18 孫維民，《異形》（台北：書林，一九九七），頁七十五－七十六。

19 餘如羅智成的散文詩〈入冬前的雨季〉也不用標點符號，不想讓詩中人那連綿不斷

的賡續，若加上標點符號斷逗則顯多餘。後來〈夢中之夢〉衍生為加了標點符號的〈夢中再夢〉，一個「再」字，語意已變，情境也改，儼然是另一首不同的詩作了。至於以空格斷逗的〈冬日的失眠晚課〉，乃因其襲用的零雨原作〈失眠晚課〉即如此使用，便依樣畫葫蘆「照抄」，但此種空格不啻就是一種隱形的標點符號，因為它們都空在標點符號的位置[20]。

三、一詩二寫

散文詩作為一個獨立的文類（或次文類），歷來已獲共識，它是這樣一種文體：身穿散文的外衣，內藏詩的靈魂；前者是它的「形」，而後者則是它的「神」。「形」往往是框架，也是束縛，譬如古詩要求句式、字數、平仄、押韻、對仗等等，這些形式上的規約，同時也形成創

的情緒被切斷。參見羅智成，《傾斜之書》（台北：時報，一九八二），頁三十四－三十九。

20 阿什貝利的〈嚎叫〉出現不少長句的段落，若翻譯成中文，幾乎不見標點符號，儼然與不用標點符號無異。參閱Donald Allen and George F. Butterick eds. *The Postmoderns: The New American Poetry Revised* (New York: Grove Press, 1982), 175-182.

作上的不自由，歷來才有文體的革新與文類的嬗遞，誠如王國維在《人間詞話》所說：「四言敝而有楚辭，楚辭敝而有五言，五言敝而有七言，古詩敝而有律絕，律絕敝而有詞。蓋文體通行既久，染指遂多，自成息套，豪傑之士，亦難於其中自出新意，故遁而作他體以自解脫，一切文體，所以始盛終衰者，皆由於此。」這段話道出文體（文類）內在衍變的自律法則（非他律，即不受外在社會因素所左右），從古詩到新詩，從格律詩到自由詩（無韻體），以及自分行詩至散文詩，其演變趨勢亦可作如是觀：後起文體或文類均擬於形式上突破前行文體或文類的束縛，以獲得更大的自由。從詩到詞，再從詞到曲，其演變都是想在形式上取得更進一步的突破。

即以散文詩而言，也是在謹守文類分界的古典主義盛行的當時，出現「反叛」的波特萊爾，以及馬拉美（Stephane Mallarme）、韓波、魏爾倫（Paul Verlaine）、梵樂希（Paul Valery）等象徵派詩人的散文詩，希冀在既有詩體內部再圖新變，這是王國維所云「遁而作他體以自解脫」的結果[21]。上述提及，波特萊爾便拿自己的《巴黎的憂鬱》和《惡

[21] 黃永健，頁十四。

之花》比較說，前書的散文詩會比後書的分行詩更為自由。譬如收在這兩本詩集裡各有一首詩題相同的〈邀遊〉，由於文體互異，即便訴說對象都是「我」所鍾情的女郎——被喚作「妹妹」的妳：《惡》書的分行詩採取一二—二—一二—二—一二—二的句式，全詩共分六節，其實是一二—二的循環（三次）結構，並有反覆出現的韻腳、整齊的字數，尤其每兩行五音節詩後面便出現一行七音節詩，如此反覆三次，呈現出歡快的節奏與流暢的音調[22]。詩裡所勾勒的那被邀遊的理想的樂土，限於格式，只能點到為止：「家具閃閃，／被歲月磨圓，／裝飾我們的臥房；／最珍奇的花，／把芬芳散發，／融進琥珀的幽香；／絢麗的屋頂，／深邃的明鏡，／東方的輝煌燦爛，／都對著心靈／悄悄地使用／溫柔的故鄉語言」[23]；但此一針對樂土簡單的素描，到了《巴》書同題

22 Charles Baudelaire著，郭宏安譯，《惡之花》（台北：林鬱，一九九七），頁二二五。該書裡幾近一半都是格律嚴謹的十四行詩（sonnet），雖然古典十四行詩（及義大利十四行詩）為數不多，大部分是自由十四行詩（即法國十四行詩），但兩者格律結構都很講究，只是韻式不同而已，前者為abba/abba/ccd/ede，後者為abba/abba/ccd/eed。

23 同上註，頁三一六—三一七。

的散文詩，一開頭前三段在還未邀遊那位「親愛的小天使」之前，即以細筆描繪這個「美麗，富饒，寧靜，宜人」的樂土，甚至指出它「隱沒在我們北方的濃霧之中」[24]，添加了許多的細節。在形式上，段落不拘，有長有短，節奏自然，完全打破分行詩的規律，可以想見當時作者在創作上自由揮灑的樂趣[25]。

誠如上述，這「一詩二寫」的情形，從散文詩鼻祖波特萊爾以下即其來有自。台灣詩壇也有人做此嘗試，譬如我在《笠》詩刊第二四七期看到的顧錦芬的「母親節二帖」，兩首同題的〈那一天〉，一首是散文詩，另一首則為分行詩，敘述的都是對於已往生五年的母親的懷念，事件則從年輕時的「我」赴日留學啟程那天母親的叮嚀起筆[26]，如同波氏一詩二寫一樣，兩詩內容（事件）大體相同，語言也都樸實，但散文詩則描述了更多的細節，語式亦更為自由。

24 Charles Baudelaire著，亞丁譯，《巴黎的憂鬱》，頁五十五－五十六。

25 收在《巴黎的憂鬱》裡的〈頭髮中的世界〉和《惡之花》中的〈頭髮〉，與上二詩〈邀遊〉一樣也屬一詩二寫，有異曲同工之妙。

26 顧錦芬，〈那一天〉，《笠》，第二四七期（二〇〇五年六月），頁二十六－二十七。

這種一詩二寫，在此之前我也曾做過類似的實驗。收在我的《我的音樂盒》裡有一首〈去看阿拉伯商展〉，這首分行詩係從喬伊斯（James Joyce）的《都柏林人》的短篇小說〈阿拉比〉（Araby）[27]改寫而來，亦即將同一個故事的小說改寫成詩，想看看同樣的題材以不同的文類或文體來表現會產生怎樣的「化學效果」。後來我的一詩二寫其實應該說是「一詩兩體」，也就是將同一首詩同時以分行詩和散文詩的面貌呈現，如〈給吹鼓吹詩論壇開個玩笑〉一詩，先是以分行詩形式出現，後再以散文詩容貌登場；而前述提及的〈夢中之夢〉與〈夢中再夢〉也屬這種嘗試，只是那兩首詩都是散文詩，差在有無使用標點符號以及是否分段而已，但既有如此差異產生，那兩首詩也算是一詩二寫了。

我的嘗試並不於此止步，茲再舉一例：我以分行詩先寫成與夏宇詩作互文的〈偷溜的時間〉於《乾坤詩刊》發表，改題為〈時鐘〉後再以散文詩形式刊載在《吹鼓吹詩論壇》：

27 Araby也被譯為阿拉伯。

轉瞬間我讀到第十九首詩。貼滿米色磁磚的牆上掛鐘，玻璃鐘蓋此時竟然龜裂。

然後，滴答的時間逐漸地從縫隙中一分一秒洩漏出來，流下牆面，繼而牆角，流下棕色海島型實木地板，流到一張仿古的咖啡色書桌上，流進我正在捧讀的女詩人的《六十首詩集》裡。

然後……像沙漏般繼續流動。一直流動的時間流入我的視線，我的腦海，我的記憶。時間一直溜掉，彷彿沒有盡頭……沒有盡頭地，一回神，牆上掛鐘卻完好如初，指針仍停在原先的刻度，分秒不差[28]。

這樣的呈現方式乃是上述我所謂的「一詩兩體」。這兩首詩因為文字內容都一樣，後詩可說是從前詩拷貝而來，不像波特萊爾的〈邀遊〉因為採用的體式不同，兩詩的文字與內容多少有些差異——至少精粗程度有別。雖然〈時鐘〉和〈偷溜的時間〉文字一模一樣，但讀起來感覺仍然

[28] 孟樊，《吹鼓吹詩論壇》，第三十九期（二〇一九年十二月），頁九十六。

不同，文字一分行呈現，內在的節律便跟著調動，節奏感顯然有別。到此我仍不死心，更將〈時鐘〉裡的時間逆行，曰〈IRREVERSIBLE〉（不可逆轉）：

待我一回神，牆上掛鐘完好如初，指針仍停在原先的刻度，分秒不差。

然後……像沙漏般繼續流動的時間，一直流入我的視線，我的腦海，我的記憶。時間一直溜掉，彷彿沒有盡頭，滴答滴答……

滴答的時間逐漸地從縫隙中一分一秒洩漏出來，流下牆面，繼而牆角，流下棕色海島型實木地板，流到一張仿古的咖啡色書桌上，流進我正在捧讀的女詩人的《六十首詩集》裡。

轉瞬間我讀到第十九首詩。貼滿米色磁磚的牆上掛鐘，玻璃鐘蓋此時竟然龜裂[29]。

29 同上註。

到了這「被逆轉的時間」裡，才真正完成了我的一詩二寫，只是這「二寫」都在散文詩裡變花樣。從〈時鐘〉繼而〈偷溜的時間〉再到〈IRREVERSIBLE〉，你也可以說這是「一詩三寫」了。上述我這種一詩二寫（體）的表現方式，不獨有偶，文曉村的〈溪頭行〉也是先寫為分行詩，然後再取消分行成為散文詩，作法與我的〈偷溜的時間〉與〈時鐘〉如出一轍[30]。

四、互文性

所有的文本都不是孤立的，文本和文本之間必然產生某種關係，譬如商禽的〈冷藏的火把〉出現有被凍結的「珊瑚般紅的燭光」與「長髮般黑的煙」，顯然係自魯迅的散文詩〈死火〉中偷龍轉鳳而來[31]；而

---

30 蘇紹連的散文詩集《孿生小丑的吶喊》原先也是以分行詩寫就，後來成書前才一一重新改寫成散文詩。參見蘇紹連，《孿生小丑的吶喊》（台北：爾雅，二〇一一），頁一七三。

31 〈死火〉中第五段有這樣的描述：「這是死火。有炎炎的形，但毫不搖動，全體冰結，像珊瑚枝；尖端還有凝固的黑煙，疑這才從火宅中出，所以枯焦。」參見魯迅《野草》，頁五一—五二。

眾所皆知，魯迅的散文詩集《野草》裡的不少詩作，又是從俄國詩人屠格涅夫（Ivan Sergeyevitch Turgeniev）的散文詩汲取其文學養分而來，如〈過客〉一詩，便有屠氏影響的痕跡[32]。於此，法國文論家克里斯多娃（Julia Kristeva）便指出，「每一個詞語（文本）都是眾多文本的交匯，人們從中至少可以讀出另外一個詞語（文本）來……任何文本都是引語的拼湊，任何文本都是對其他文本的吸收與轉化」[33]——她首先以「互文性」此一術語稱呼此種文本的連結現象，並進一步表明：「文本是許多文本的排列和置換，具有一種互文性：一部文本的空間裡，取自其他文本的若干部分互相交匯與中和。」[34]在她看來，文本總是由各種文本組成，「它包含各種話語、各種言說方式、各種約定俗成的慣例和

32 譬如在主題上，收在《野草》裡的〈復仇（二）〉、〈聰明人和傻子和奴才〉、〈頹敗線的顫動〉等詩，顯見受到屠氏散文詩〈作粗活的人和不愛作粗活的人〉、〈你得聽愚人的裁判〉的啟示。參見楊宗翰，〈散文詩人屠格涅夫〉，《笠》，第二三四期（二〇〇三年四月），頁一一九。

33 Julia Kristeva, "Word, Dialogue and Novel," in Toril Moi ed., *The Kristeva Reader* (Oxford: Blackwell, 1986), 35.

34 Julia Kristeva, " The Bounded Text," in D. H. Richter ed., *The Critical Tradition* (New York: St. Martin's, 1989), 989.

系統」，總之，文本不是孤立的，而是各種文本的匯集[35]。

關於文本之間的這種互文關係，另一位法國文論家熱奈特（Gerard Genette）在《隱跡稿本》（*Palimpseste*）一書研究的即是這種一篇文本和另一篇文本的關係，他稱此為「跨文本關係」（relations transtextuelles），也即文本的跨文性（transtextuality），而這種跨文性依文本再現情況又可分為互文性（intertextuality）與超文性（hypertextuality）[36]。對於前者，他給「互文性」下的定義是：「一篇文本在另一篇文本中切實地出現」，指的是兩篇文本的共存（甲文和乙文同時出現在乙文中）；至於後者，則指一篇文本從另一篇已然存在的文本中被派生出來的關係（乙文從甲文派生出來，但甲文並不切實出現在乙文裡）[37]。依此，法國學者薩莫瓦約（Tiphaine Samoyault）根據熱奈特對於互文手法的分析，進一步將之歸類為兩大類型，前者

35 李玉平，《互文性——文學理論研究的新視野》（北京：商務，二〇一四），頁十八。

36 熱奈特雖有這樣的區分，大多數的理論家都不做共生與派生現象的劃分，一律稱為互文性。

37 轉引自Tiphaine Samoyault著，邵煒譯，《互文性研究》（天津：天津人民，二〇〇三），頁十八－二十。

包括：引用（citation）、暗示（或用典）（allusion）、剽竊（或抄襲）（plagiarism）與參考（reference），以及合併／拼貼（integration-collage）[38]；而後者則有主要有戲擬（parody）與仿作（pastiche）。此外，這種跨文性創作還有兩種需要補述，即副文本性（paratextuality）與元文本性（或後設文本性）（metatextuality）[39]，因為我的散文詩的創作亦運用了這兩個「互文性」手法。

（一）引用

引用係指文本裡的引文由於有特殊的排版標誌（一般是引號）而可被立即識別，使用方式往往是利用插入句，讓引文和文本產生雙重表述，我的〈S.L.和寶藍色筆記〉便引用了羅智成〈黑色筆記本4〉裡的詩句（「黑暗帶來了聰明絕頂的人，我沒見過他，必是如此，神秘的傳承因此中斷」「我沒見過他，不曉得他到底航行過，歷史上那些角落，不曉得他，是否出現過……」「黑暗帶走聰明絕頂的人次一等的人難堪

38 同上註，頁三十六－五十八。
39 同上註，頁十九。

地和全世界留在黑暗裡再次一等的人是不是自願和黑暗擁抱」），用引號將鑲嵌的文字插入，差別在羅氏原詩那些被引用的詩句是分行排列的，而我的引用的文字則是不分行且加上標點符號的；不過在第三段的引用並不照搬原文字，卻使了一個偷龍轉鳳的小伎倆：除了不分行，還更動了後面的若干文字，使堅決的語氣轉為疑問的口吻（即增加的字句：「再次一等的人是不是自願和黑暗擁抱」）。

（二）剽竊

不言自明，剽竊就是對被引述的文字「逐字逐句地重複，但不被標明而且也沒有指出互異性」[40]，也就是俗稱的抄襲[41]。像法國作家魯易（Pierre Louys），他的散文詩即完全模仿希臘短詩，並且故意把希臘詩

---

40 Tiphaine Samoyault著，邵煒譯，頁三十九。

41 就文學創作而言，博赫斯（Jorge Luis Borges）在《虛構集》（*Fictions*）開篇〈特隆、烏克巴爾、奧比斯・特蒂烏斯〉即言：「抄襲的概念不存在，我們認定天下文本一大抄，作者名無固定，時不具體。」因為任何文本不過是我們稱之為文學的全體創作中的一個片段。同上註。

中的殘句插入自己的作品中去[42]。有時抄襲的乙文本文字被同化於甲文本之中，從而共存的跡象就會被抹去，若非專業的詩學批評家，一般讀者很難覺察和分辨。然而誠如薩莫瓦約所言：「只有出於玩味和反其道而行的抄襲才具有真正的文學意義。」[43]

同樣是我的〈S. L.和寶藍色筆記〉，最後三行不加標點符號的文字其實是直接抄自羅智成的〈黑色筆記本4〉最末一段的六行文字，這可說是抄襲，因為沒加上引號[44]。這種互文性的挪用方式，將羅氏的「黑色」置入我的「藍色」筆記本之中，頗堪玩味。其他散文詩包括〈溫暖的黑暗——用商禽韻〉（襲用商禽的詩句和意象）、〈在芝加哥——贈瘂弦〉、〈襲用瘂弦和桑德堡同題詩作的詩句和意象〉，以及〈冬日的失眠晚課——給零雨〉等，都有不加引號的引述其他文本的作法；而以後詩來說，被我襲用若干句子的零雨的〈失眠晚課〉本身就有襲用林亨

42 林以亮，頁三十八。
43 Tiphaine Samoyault著，邵煒譯，頁三十九。
44 但由於這段抄襲的文字之前，有以「撕去羅智成的最後一頁」的文字加上破折號的引導，也可視為另一種引用方式（有標誌）。

泰〈風景NO.2〉裡的詩句，以致形成兩個文本的剽竊以及三個文本的勾連，而其中的兩個後文對於前文都不無有調侃的意味。

（三）參考

在此所謂的參考資料，「並不是作為援引文本出現的，而是通過一個書名、作者名、人物名或特定形式下的發言等來談到相關的文本」[45]，顯然這種互文性要比前兩者隱晦些。我的「一詩二寫」〈變形記〉與〈新版變形記〉，其實源自同一首詩，差別主要在第三段提及的兩本不同的書，前者是蘇紹連的《驚心散文詩》（散文詩）而後者是卡夫卡（Franz Kafka）的《變形記》（小說）。而這兩首詩都跟原先「參考」的文本擁有相似的情節，也帶有驚悚的性質，甚且從這兩本書的點名延伸出變形的另一番意義。

---

45 Tiphaine Samoyault著，邵煒譯，頁三十八。熱乃特提出的互文手法並未有「參考」這一類別。

（四）暗示

相對於引用是「逐字逐句的、直白的借用」[46]，暗示則是「非逐字逐句的、非直白的借用」。暗示同樣可以反映一篇已有的文本，而又不像引用那樣多的顯露它的互異性[47]。暗示其實也就是一種用典，乃指「文中提及某一文學或歷史人物、地點或事件，或是另一篇文學作品與章節，卻沒有明確指明出處的情況」[48]，譬如楊牧少見的散文詩〈蟬〉，第五段提及：「經過一些粗糙的樹瘤，如同但丁夢中世界的層次」，明顯引用了但丁《神曲》（我被引導歷經地獄煉獄天堂，就像夢中世界不同的層次）的典故。向楊牧〈學院之樹〉致敬的我的〈學院之樹——悼念楊牧〉一詩，兩首詩的設景同樣是在學院大樓的中庭，但同樣以第一人稱說話的我的詩作，卻被擬人化為那株學院之樹，看著曾

---

46 如果要明確出處，參考資料可伴隨引言出現。同上註。

47 同上註。

48 M. H. Abrams and Geoffrey Galt Harpham, *A Glossary of Literary Terms* （Boston, MA: Wadsworth Cengage Learning, 2009）, 11.

出現在楊牧前作裡的那位小女孩（教授的女兒）想捕捉那隻彩蝶，樹的敘述裡提及楊牧的作品（《長短歌行》與〈有人問我公理和正義的問題〉），即是套用了楊牧詩作的典故，但這裡的暗示提及楊牧著作物，也算是參考式互文。另一首〈十一月〉則套用了戴望舒〈雨巷〉一詩的典故，因為詩中人「我」「想像現代派詩人般逢上一位有著丁香味的姑娘，她撐著一把油紙傘」。至於〈倫敦大雪〉一詩提及吳爾芙（Virginia Woolf）筆下的戴洛維夫人要去買花的街道，顯然用了《戴洛維夫人》小說的典故，但這個暗示也具有參考的作用（所以熱奈特對這兩種手法不加區分）。

（五）合併／拼貼

一篇文本對其他文本的吸納，可以多種形式合併或拼貼原文本被「借用」的部分。與前述引用和剽竊的差別是，這裡的合併／拼貼係同時「借用」了多種以上的原文本。合併的方式還可分為三類：(1)合併—建立（integration-installation），即多種來源的有標誌（引號、參考資料）的引用；(2)合併—暗示（integration-suggestion），多種互文的出現有被暗示，但未進一步明說；(3)合併—吸納（integration-absoption），即文本吸納眾多的互文卻不暗示讀者，也缺乏明顯的區分標誌能加以識別。上所舉我的〈學院之樹〉同時襲用了楊牧兩種以上的詩作原文，或可視為合併（暗示）的互文。

所謂拼貼也是一種合併，不同的是，它的主體本文不再合併互文，而是將之並列，以突出其片段和互異的特點[49]；在此情況下，互文之間的分離要大於吸納。我的另一首〈尼姑與茉莉花〉則幾乎完全拼貼了水蔭萍的〈尼姑〉與〈茉莉花〉兩首散文詩，絕大部分的文字都複刻了原詩，可說是典型的拼貼式互文，沒有我的本文是否吸納原作的問題。

（六）戲擬與仿作

戲擬與仿作，在熱奈特看來這兩者都屬派生式互文，而在這類超文性文本裡基本上見不到原文本，風格卻都受到原文本的限定。仿作就

49 林燿德有一首〈二二八〉（可視為散文詩），乃拼貼一九四七年二月二十八日的《新生報》各版新聞與廣告而成，但完全沒有作者自己的文字（詩文本），算是缺乏主體文本的另類互文。

是偽造（counterfeit），亦即贗品，即是對於原作的仿造；而戲擬（或戲仿、諧擬）其實也是一種仿作[50]，不同的是它是「可笑的偽造」，往往它要對原作進行轉換，但「無論對原文是轉換還是扭曲，它都表現出和原有文學之間的直接關係」[51]。譬如法國詩人考比爾（Tristant Corbiere）的〈詩人和蟬〉，從節奏和韻腳可以看出它源自拉封丹（Jean de La Fontaine）的〈螞蟻和蟬〉，兩詩的行文方式如出一轍，但考氏的詩卻同時抓住諧音異義與節奏上的戲擬效果[52]。

新詩中真正的仿作很罕見，像洛夫的《唐詩解構》以及蘇紹連的《散文詩自白書》對於唐詩的「再作」，都非仿作，不論是前者的解構或者後者的變奏，幾乎都在改寫了，就像我的〈靜夜思〉一樣。而這些再作或改寫的詩作，多半都可說是戲擬性文本，譬如我的〈獸〉一詩，其實是從逆反的角度來戲擬蘇紹連的同題散文詩，內中寓有動物保護的

50 在古典主義時代戲擬和仿作是同一回事，未作區分。Tiphaine Samoyault 著，邵煒譯，頁四十七。

51 同上註，頁四十一。

52 同上註，頁四十二－四十三。

思想，而如此對於原作的轉換，從原作以人為本位的童真和獸性的辯證，轉為戲擬之詩以動物的視角來思考，相形之下，不無譏刺之意。

（七）副文本性與元文本性

副文本係指文本正文之外的標題（副標題）、序文、前言、題記、後記、告讀者、致謝詞，乃至封面、插圖、版權頁等等，這些形成解讀作者意圖的互文性要素，所以副文本性指的是一部文學作品整體的正文與它的副文本所維持的關係。熱奈特指出，副文本性的主要任務即是「在確保文本命運與作者目的的一致」[53]，讀者考察副文本性可以有效地還原作者的意圖。前所提及的波特萊爾的《巴黎的憂鬱》〈卷頭語〉說：「總之，這還是《惡之花》，但更自由、細膩、辛辣」，這個副文本確實提供了解讀《巴》書風格的一條門路；該書中〈窮人的眼睛〉一詩附有兩幅漫畫，可拿來和文字互文，以凸顯窮人的酸楚。而如果忽略商禽〈躍場〉一詩詩末的「註」這個副文本，你可能就會像羅青那樣花

---

[53] Gerard Genette, *Paratexts: Thresholders opf Interpretation,* trans. Jane E. Lewin (Cambridge: Cambridge UP, 1997), 407.

了大把力氣陷在「躍場」裡做無謂的解釋[54]。至於我的〈夜讀佩雷的記憶〉一詩，除了情節與意象仿造佩雷（Benjamin Peret）的原詩〈佩雷的記憶〉外，詩題本身以及後記的說明，形成與詩文本的副文本性，是開鎖的一把鑰匙；其他像〈我是音樂家〉、〈學院之樹〉等詩的註，也都是副文本性的例子。

再者，所謂的元文本性則指一部文本與它所談論（或評論）的文本之間的關係，即連結一部文本與該文本所談論的另一部文本，而不一定引用那一部文本，甚至也不必提及那部文本的名稱。熱奈特認為，黑格爾（Georg W. F. Hegel）的《精神現象學》默不作聲地批評了《拉摩的侄兒》，這就是一種元文本性[55]。我的〈一整個月無夢〉不僅借用自己的〈夢境〉、〈夢的大廈〉的詩句，更對〈載著我夜間飛行〉一詩加以

54 羅青如此解釋：「『躍場』一詞，為詩人自創，在此可能指兒時歡樂跳躍的土地，也可能指少年時運功跳躍的場地。」見羅青，《從徐志摩到余光中》（台北：爾雅，一九七八），頁四十九。惟根據詩人自註，「躍場是工兵用語，指陡坡道路轉彎處的空間」參見商禽，《夢或者黎明及其他》（台北：書林，一九八八），頁三十二。

55 轉引自王謹，《互文性》（桂林：廣西師範大學，二〇〇五），頁一一七。

評論（「只有白日夢才能寫詩？斯乃詐欺行為也！」），也即〈一整個月無夢〉與〈載著我夜間飛行〉形成一種元文本性，而且這種互文性還涉及作者文本的自我指涉，是作者自我和另一位自我的相互互文。另外〈一則業配文〉則公開推薦（涉及評價）一位女詩人（設定為我指導的學生）新出的詩集，自然也是一首具元文本性的散文詩[56]。

五、敘事

散文詩既稱之為詩，必具備詩之質素，而詩之抒情傳統，無論中外皆淵遠流長[57]，而從此點亦可發現抒情的散文詩比率一直居高不下[58]，譬如波特萊爾的《巴黎的憂鬱》裡多的是抒情之作，前面所舉的〈藝術家的「悔罪經」〉便顯露詩人那夾纏著忐忑不安、顫抖的痛苦等五味雜陳的情緒。雖然如此，在《巴黎的憂鬱》中我們卻也看到波氏大半的詩

56 這首詩的業配對象其實是虛設的，在詩中並未指明是哪本詩集。

57 西方以敘事見長的史詩（epic）自不在此抒情傳統裡；但近代（尤其是浪漫主義盛行）以來，史詩之地位已被抒情詩（lyric）所取代。

58 陳巍仁，頁二一二。

作都帶有敘事性，如〈每個人的怪獸〉、〈仙女的禮物〉、〈誘惑，或者色，財以及榮譽〉……甚至他的很多抒情之作也都是從敘事中引發出來的，如〈暮色〉一詩，在詩人讚嘆「啊，夜晚！啊，令人爽新的黑暗！您是我內心歡樂的訊號，也是我精神恐慌的慰藉。」之前，敘寫了兩位對暮色驚悸、害怕的友人，以之和自己對照：「夜晚在他們身上佈下了黑暗，卻在我的頭腦裡放射出光明」[59]，著色不深的敘事是為了襯托出暮色對詩人自己的感召。

雖然未刻意踵繼波氏，我的散文詩創作向來便特別鍾情於敘事，即便像〈除夕〉、〈靜夜思〉等詩滲有濃厚的感傷情緒，卻也都由敘事帶出，可說幾乎和敘事形影不離。其實自民初散文詩初興以來，即已奠定優良的敘事傳統，即便在日據時代的台灣詩壇，罕見的水蔭萍的兩首散文詩〈尼姑〉與〈茉莉花〉，手法上亦都由敘事擔綱主角[60]。此或因散文詩在形式上較分行詩伸縮自如，先天上就比分行詩有予敘事發展的空

59 Charles Baudelaire著，亞丁譯，頁七十四。
60 陳巍仁在《台灣現代散文詩新論》裡就忽略對台灣散文詩敘事的藝術手法的探討（雖然他談了不少形制上的表現），未免是該書的一個缺漏。

間（分行詩本身容易因分行而切斷或干擾敘事的進行），毋須像分行詩那樣專注於意象的呈現。我的散文詩創作起心動念常來自一個事件（event）的肇始，而從事件發展下去就變成故事（story），故事可能不夠完整（在此，它就和極短篇小說有了區別），但重要的不在它是否完整，而在它可否藉此傳達出意在言外的另一層寓意。所以我的散文詩往往也可充作敘事詩讀，像〈雌雄同室〉、〈一則業配文〉這類沒有敘事性的詩作還真不多見。然則，我是如何使用敘事手段來寫作我的散文詩呢？

首先，按照敘述與所述事物距離的遠近，熱奈特將敘述方式分為講述（telling）與展示（showing）：前者是比較間接的一種敘述方式，作者（透過敘事者）說得較少並且距離較遠——也就是柏拉圖在《理想國》中所說的純敘事（diegesis）；而後者則是說得較多但距離較近，通常由文本中的人物直接來敷演——亦即柏氏所謂的模仿（mimesis）。換言之，這種敘述語式（mode）乃是調控敘事訊息的一種手段[61]。一般詩作，除了史詩或敘事長詩外，不論是分行詩或散文詩

61 Genette, Gerard著，廖素珊、楊恩祖譯。《辭格Ⅲ》（台北：時報，二〇〇三），頁二一〇。

多以講述方式為敘事的語式，這是因為一來限於篇幅，詩很難像小說與戲劇等敘事文有足夠的篇幅讓詩人來展示，二來由於詩之詩質本身之要求，一般不會把話說滿，即便是散文詩亦同。

我的散文詩也多半用講述方式鋪演故事，如〈人人都愛馬奎斯〉、〈那件花襯衫的下落〉、〈七竅〉……。以〈四壞球〉一詩為例，基本上，此詩係用講述方式來鋪排少棒球賽一個先發投手首局即因控球失準而連投四壞球導致被換下場的故事，在敘述第一人次四壞球的投球過程，從第一球到第五球（當中有一個好球）交代得較為詳細，可說接近展示（細節訊息透露較多）；但之後的連投四壞球奉送對手得分就用講述簡單帶過。這首詩前後我連改了三次，投球過程的訊息一次比一次減少，整首詩的篇幅也少掉一半，敘事語式即自展示越來越向講述傾斜。

較諸〈四壞球〉更接近展示表現的是〈二十一世紀新聊齋〉，此詩一開始講述詩中人「我」正在為一時打結的寫作傷腦筋時，恍惚之間書房起了煙霧迷濛一片，然後：

一位妙齡倩女款款從書中走出，以那難以想像的美好。儘管我嚇了一跳。

「君莫驚慌！雖然如今你已入中年，曾經數度放棄，仍然汲汲尋求你那遺失甚久的靈感——」

「我是你尋覓不得的繆思。其實我始終跟隨在你身後，只是你不曾回頭望我一眼。」

於是，我們四目相接。頓時精神矍鑠的我，吁了一口氣。此時她有了主意，細聲說：

「你腦袋枯槁，心臟乏力，營養不足，形容憔悴，不僅要補充維他命，更須手術！」

不由我分說，她隨即解開衣襟，卸下肚兜，像嬰兒般擁我入懷……我一口一口吸吮她豐盈的乳汁，冰冷的身子逐漸溫暖起來[62]。

故事敘述到這裡（底下略），敘述的語式換成了展示，彷彿由人物

62 孟樊，〈二十一世紀新聊齋〉，《聯合報副刊》，二〇一九年十月二十六日。

現身搬演，尤其是她對「我」的說話，簡直將場景（scene）還原到事件發生的現場，讓讀者一覽無遺。

其次，所有的故事都要有人來說，散文詩的敘事自然也不例外。這位說故事的人就是敘事者（narrator），但敘事者並非作者，和作者不容混淆，雖然有些抒情詩幾乎是詩人的代言，但充其量詩裡的「我」也只能是詩人的第二自我，誠如查特曼（Seymour Chatman）所說，他是讀者從敘事當中重構出來的，不是敘事者，而是「創造敘事者的那一原則」[63]。我的散文詩主要以第一人稱和第三人稱作為敘事者[64]，而由第一人稱「我」敘述時，通常「我」都是以故事裡的人物的面貌出現，如上詩〈二十一世紀新聊齋〉裡的「我」，其他如〈影子〉、〈在蒙馬特〉、〈HOMOPHOBIA〉……均屬如此。比較貼近我個人私密經驗的如〈一幢透天厝〉、〈在研究室〉、〈讀詩〉等詩，詩中的「我」依然

63 Seymour Chatman, *Story and Discourse: Narrative Structure in Fiction and Film* (Ithaca: Cornell UP, 1978), 148.

64 少數以第二人稱敘述的詩作，如〈天龍八部〉、〈七竅〉，其實背後的敘事者依然是那位隱身的在背後的「我」，由我來掌握敘述訊息。

不能視為作者孟樊（更非陳俊榮了）。

復次，故事除了要有人說之外，也得有人在「看」，熱奈特指出，誰在看的「看」就是他所謂的「聚焦」（focalization），是指由誰在感知，也就由哪個人物在做「敘述透視」（perspective），這位敘述透視者（即感知者）就是他所謂的「聚焦者」（focalizer）[65]。於此，熱奈特進一步將聚焦分成三種類型[66]：

（一）無聚焦或零聚焦（zero focalization）敘事：相當於一般批評家所說的全知全能的敘事（omniscience narration），敘事者所透露的要比任何人物知道的多。我的散文詩如〈月下聽琴〉、〈人人都愛馬奎斯〉、〈觀音〉、〈魑魅〉、〈罔兩〉……採取的都是第三人稱全知的視角。

（二）內聚焦（internal focalization）敘事：敘事者只透露某個既定人物所知。此一內聚焦敘事又可分為：(1)固定式（fixe），人物的有限視角固定不變，我大部分以第一人稱「我」為敘

65 Gerard Genette著，廖素珊、楊恩祖譯，《辭格III》，頁二二八－二三一。
66 同上註，頁二三一－二三二。

事者的詩如〈說經〉、〈當頭棒喝〉、〈我是音樂家〉等都屬此類；(2)不定式（variable），人物的有限視角會轉換，如〈她離開的春夜〉敘寫她和他的戀情關係，視角卻游移在兩人身上；(3)多重式（multiple），以不同人物來感知同一個故事，如〈羅生門〉一詩庶幾近之。

（三）外聚焦（external focalization）敘事：敘事者透露的要比人物所知少，這是一種客觀的、行為主義式的敘事。熱奈特說，以此方式敘事，作者筆下的主角人物就在我們眼前活動，但我們卻無法進入他的思想或感情裡[67]，如我的〈給吹鼓吹論壇開個玩笑〉，視角幾乎就是外置的一架攝影機，從旁捕捉會場演講的畫面，不予評論與任何情感性的描述，雖然第四段「說你選擇的答案不會是謎底，因為後現代大師偷學宰予仍在晝寢」此句文字有點曖昧，似乎來自全知視角的說明，但因接續的第五段說「話聲剛落」，所以那句話可視為演講

67 同上註，頁二三二。

者「他」的間接引語，如此一來此詩採的便是客觀的外聚焦視角。但此類詩不可多得，因為詩的視角很難以攝影機的鏡頭作完全客觀的記錄。

最後我們來談談敘事的話語。故事既要有人來說，但究竟用什麼話來說呢？這就涉及所謂的敘事話語（discourse）。敘事話語在此係指敘事文語言的表達方式，包括敘事性的話語與非敘事性的話語，而前者又可分為敘述事件或行動的話語以及人物所使用的話語；後者則涵蓋敘事者公開（如解釋與議論）與隱蔽（透過人物之口或場面描寫）的評論[68]。

敘述事件或行動的話語可說是敘事散文詩的骨幹，波特萊爾的《巴黎的憂鬱》就可以為此證明，若缺乏此類話語，它可以是散文詩卻不是敘事詩，譬如我的〈一則業配文〉便完全缺乏這種話語。事實上，台灣詩壇不乏這類缺乏敘述事件或行動的散文詩，如紀弦的〈物質不滅〉、羊令野的〈角色〉、秀陶的〈面容〉……當然這也是散文詩並非定要有

68 胡亞敏，《敘事學》（武漢：華中師範大學，二〇〇四），頁一〇三－一一七。

敘事不可的鐵證。但我的散文詩既以敘事為大宗，這類敘事話語便俯拾即是。

一般人物使用的話語可分為底下四種[69]：

（一）直接引語：由引導詞引導並用引號標出的人物對話與獨白。我的散文詩如前詩〈二十一世紀新聊齋〉中那位倩女之語即是直接引語，其他如〈飛〉裡「我」的獨白、〈說經〉中說經現場的兩句對話、〈罔兩〉裡影子與影子的影子的對話……都屬之。限於篇幅，我的散文詩中，這類引語除了較少出現外，即便出現，話語也都極為簡略。

（二）自由直接引語：省略引導詞和引號的人物對話與內心獨白，通常是由第一人稱講話，敘事者聲音被抹去。如我的〈巴黎落霧〉、〈夜讀佩雷的記憶〉、〈雌雄同室〉等詩都屬人物內心獨白的自由間接引語。

（三）間接引語：敘事者以第三人稱明確報告人物語言及內心活

69 同上註，頁九十一—一〇三。

動，亦即人物的話語與思想是由敘事者轉述。譬如〈她離開的春夜〉開頭的「春天來臨她說她要離開」即是間接引語（口述語言），而第二段接著提及「一到黎明他便想到刻骨銘心這四字」，「他便想到……」便是人物內心活動的語言。又如〈撕破臉〉第三段開頭說「她說她還得再撕一張」，即是由敘事者「我」轉述她所說話語。

（四）自由間接引語：敘事者省略引導詞以第三人稱模仿人物語言與內心活動，雖以客觀敘述方式出現，但給讀者喚起的卻是人物的聲音、動作與心境，這是因為敘事者往往接受了人物的視角，變成敘事者對人物的模仿，也讓人物和敘事者的兩種聲音並存，甚至融為一體。我的〈月下聽琴〉與〈魑魅〉都使用了自由的間接引語，都以第三人稱話語敘述人物的感受，模仿人物的想法和感覺，尤其是前詩，敘事者幾乎將自己代入月下聽琴第三人稱的他，使得最後淚流滿面的他彷彿也是敘事者自身。

至於非敘事性的話語，係指敘事者（或敘事者透過事件、人物和環境）對故事的理解與評價，有時又稱為評論，它表達的主要是敘事者的意識與傾向[70]。這類非敘事性話語除了議論（敘事者發表的各種見解與看法）外，主要還有解釋（敘事者告訴讀者一些以其他方式難以得知和理解的事實）的功用，敘事者往往充當知情人的角色，出以零聚焦的視角，透露讀者難以掌握的訊息[71]。譬如我的〈曇花一現〉，末段末句由敘事者出面解釋，為何南柯一夢醒來的男子竟讓他細心呵護的曇花枯萎了：「原來男子不了解她的哀愁是怎麼一回事」[72]；又如〈靜夜思〉裡，讀者可能不知投訴旅店的異鄉遊子為何在半夜要拿出隨身的瑞士刀去一刀一刀割著射進房內的月光，知情的敘事者解釋說這是由於悲傷使然；再如〈銅像〉一詩敘述被鋸掉雙腿的偉人銅像，無法走動，但敘事者幫他解釋：其實他早就想偷偷溜走；至於另一詩〈種田〉敘述一位用文字種田的詩人，敘事者出面議論他使用的意象往往太過飽滿又稠密，

70 同上註，頁一〇三。
71 同上註，頁一〇四，一〇六，一〇八。
72 孟樊，〈曇花一現〉，《乾坤詩刊》，第九十一期（二〇一九年七月），頁三十二。

「反而長出奇形怪狀的物種」[73]。然而，作為詩——即便是散文詩，類此來自知情人的訊息仍不能透露太多，所以我給出的這種非敘事性的話語多半皆適可而止。

以上所舉，乃是我散文詩創作犖犖大端之幾項特色，自不能涵蓋全貌，尤其上述自剖，主要係從文類批評以及表現手法來加以闡釋，對於散文詩之主題、思想等便未置一詞。然而從上述的分析與探究，大體上仍能呈現我散文詩創作的美學特徵。

六、結語

散文詩要怎麼寫？自然有見仁見智的主張，但歷來的見解多係自詩與散文的文類分野談起——但這也是作為一個「混血」的文類（或文體）的散文詩最為尷尬的地方。而它的尷尬不僅在它要從散文「脫穎」而出，同時也得從分行詩「脫軌」而出，因為若在形式上（形）不分行，它的聲韻節奏就不易和散文做出區隔，若在詩質上（神）不和散文

[73] 孟樊，〈種田〉，《秋水詩刊》，第一八七期（二〇二一年四月），頁四十七。

區隔，它的不分行就可能淪為散文。我的散文詩是否在聲韻節奏上和散文有所區別，恐不易分辨，但以我創作之初即以散文詩方式為之，在文字的長短、呼吸的緩急、語氣的停頓以及段落安排等方面，確與寫作散文的考慮兩不相侔。

在詩質上的差異，羅青以為兩者最大的不同在於散文詩所要處理的神思或詩想之不同以及其表達方式的相異，而「詩人在處理這樣的神思時，最好避免在字句上做奇警駭人之舉，而儘量把重點放在整體結構的安排上」，譬如商禽的〈躍場〉一詩即為顯例[74]。確實如此，我們在先驅者波特萊爾的《巴黎的憂鬱》裡看到的幾乎都是這樣的詩作；但是我們在波氏之後的超現實主義也可看到像布勒東（André Breton）如〈動詞"Etie"〉、〈斧中林〉這樣具奇警駭人的意象艱澀的散文詩，即便是商禽，也有像〈事件〉這種遍佈驚奇意象的詩作[75]。然而，羅青的主張也不是不成立，台灣大半的散文詩的確不「在字句上做奇警駭人之

74 羅青，頁五十一。

75 日據時期風車詩社的丘英二（張良典）的〈鄉愁之冬〉、〈沒有星星的夜晚〉等散文詩，就顯現有令人驚奇的繁複意象。

舉」，我的散文詩大體上也不在賣弄那有時令人厭煩的驚奇意象——蓋若是出此考慮，乾脆就去寫分行詩算了；話雖如此，像〈波斯貓〉、〈倫敦大雪〉、〈巴黎落霧〉等詩，確有刻意在意象上下功夫的味道，以顯示散文詩創作在意象或文字的表現上，未必盡是清涼如水。

以上不免自說自話，瓜田李下，卻也一一展現並分析了我在散文詩創作上主要的美學特徵，在此，願誠摯地與讀者和詩友一同分享，並期盼不吝指正。

引用書目

王謹。《互文性》。桂林：廣西師範大學，二〇〇五。

許淇。〈外國散文詩鳥瞰〉。收入許淇等主編。《中外散文詩鑑賞大觀》。桂林：灕江，一九九二。

李玉平。《互文性——文學理論研究的新視野》。北京：商務，二〇一四。

林以亮。《林以亮詩話》。台北：洪範，一九七六。

孟樊。〈當頭棒喝〉。《乾坤詩刊》，第九十九期（二〇二一年六月），頁二十五。

——。〈種田〉。《秋水詩刊》，第一八七期（二〇二一年四月），頁四十七。

——。《吹鼓吹詩論壇》，第三十九期（二〇一九年一二月），頁九十六。

——。〈二十一世紀新聊齋〉。《聯合報副刊》，二〇一九年一〇月二十六日。

——。〈曇花一現〉。《乾坤詩刊》，第九十一期（二〇一九年七月），頁三十二。

——。《我的音樂盒》。新北：揚智，二〇一八。

胡亞敏。《敘事學》。武漢：華中師範大學，二〇〇四。

商禽。《夢或者黎明及其他》。台北：書林，一九八八。

陳巍仁。《台灣現代散文詩新論》。台北：萬卷樓，二〇〇一。

黃永健。《中外散文詩比較研究》。北京：光明日報，二〇一三。

孫維民。《異形》。台北：書林，一九九七。

楊宗翰。〈散文詩人屠格涅夫〉。《笠》，第二三四期（二〇〇三年四月），頁一一七－一一二一。

魯迅。《野草》。台北：風雲時代，一九九〇。

蘇紹連。《孿生小丑的吶喊》。台北：爾雅，二〇一一。

顧錦芬。〈那一天〉。《笠》，第二四七期（二〇〇五年六月），頁二十六－二十七。

羅青。《從徐志摩到余光中》。台北：爾雅，一九七八。

羅智成。《傾斜之書》。台北：時報，一九八二。

Abrams, M. H. and Geoffrey Galt Harpham. *A Glossary of Literary Terms*. Boston, MA: Wadsworth Cengage Learning, 2009.

Allen, Donald and George F. Butterick eds. *The Postmoderns: The New American Poetry Revised.* New York: Grove Press, 1982.

Baudelaire, Charles著，郭宏安譯。《惡之花》。台北：林鬱，一九九七。

Baudelaire, Charles著，亞丁譯。《巴黎的憂鬱》。桂林：灕江，一九八二。

Chatman, Seymour. *Story and Discourse: Narrative Structure in Fiction and Film.* Ithaca: Cornell UP, 1978.

Genette, Gerard著，廖素珊、楊恩祖譯。《辭格Ⅲ》。台北：時報，二〇〇三。

Genette, Gerard. *Paratexts: Thresholders of Interpretation*, trans. Jane E. Lewin. Cambridge: Cambridge UP, 1997.

Kristeva, Julia. "The Bounded Text, "in D. H. Richter ed. *The Critical Tradition*. New York: St. Martin's, 1989.

——. "Word, Dialogue and Novel," in Toril Moi ed. *The Kristeva Reader*. Oxford: Blackwell, 1986.

Samoyault, Tiphaine著。邵煒譯。《互文性研究》。天津：天津人民，二〇〇三。

附錄

四場震動——我讀孟樊散文詩四首

李桂媚

一、奇想與驚心——讀〈溫暖的黑暗〉、〈撕破臉〉

台灣散文詩常見兩個典型，一是奇想，超現實的跳躍或者魔幻，以商禽為代表，二是驚心，結局的爆發力或咋舌，以蘇紹連為代表。孟樊詩集《我的音樂盒》收錄有散文詩〈溫暖的黑暗——用商禽韻〉、〈撕破臉——用蘇紹連《隱形或者變形》韻〉，這兩首向兩位散文詩詩人致敬的作品，正分別展示了奇想與驚心的特色。

詩題的「韻」，無關押韻，而是古人贈答詩習慣沿用對方詩作押韻，由此延用而來，〈溫暖的黑暗——用商禽韻〉是借用商禽詩作標題，並寫下相呼應的內容，商禽〈溫暖的黑暗〉以子宮為描摹題材，透過時間的倒敘，從「三十歲、二十歲、十八歲、十七歲」回到最初母親的子宮，孟樊〈溫暖的黑暗——用商禽韻〉採取同樣的手法，保留了商禽筆下「烈焰似的歌曲」與「一個人看見他消逝了的年華」，以及逆齡回溯至母親子宮的鋪陳，但不同的是，商禽以藻草來呈現意識流，孟樊則選用燭火的明滅來比擬，對於人生倒帶的畫面有更多刻劃：

五十歲，我已穿越一株斷葦在池塘投影的三角之寧靜。四十歲，目眩於一塘盛開的淡紫色水葫蘆花。三十歲，誠心把一位女子催眠為流質。二十歲，聲響是一隻受驚的鳥從熱鍋中飛起。十歲，棒棒糖在逐漸融化的加農砲管上閃閃發光……

值得注意的是，這些不同年齡的記憶片段，都來自商禽詩作，「我已穿越一株斷葦在池塘投影的三角之寧靜」是〈逢單日的夜歌〉的句子，「目眩於一塘盛開的淡紫色水葫蘆花」取自於〈水葫蘆花〉，「誠心把一位女子催眠為流質」從〈流質〉一詩修改而來，「聲響是一隻受驚的鳥從熱鍋中飛起」則源於〈木星〉，「棒棒糖在逐漸融化的加農砲管上閃閃發光」則屬於〈玩具旅行車〉。詩人一方面透過集句向前輩詩人致敬，另一方面藉由一幕接一幕的超現實景象，帶給讀者無限的想像空間。

〈撕破臉——用蘇紹連《隱形或者變形》韻〉則是唱和蘇紹連的散文詩〈夢遊患者〉，孟樊〈撕破臉〉第一段裡，「一尊滴水白玉觀音把我的睡眠從水深之處喚醒」，名為「喚醒」，實則另一場夢境，蘇紹連〈夢遊患者〉第一段是夢遊者的想像，有時是鳥，有時是魚，各自表現了夢的世界。〈撕破臉〉進入第二段，觀音開始幫詩中我換臉，〈夢遊患者〉第二段則是釋放了自己的器官，兩首詩中的人，都彷彿零件可抽換的物品。〈撕破臉〉的最後，觀音貼回主角的臉，詩中我的淚水被觀音一一收集進手上的寶瓶，〈夢遊患者〉末段想離開夢的詩中我，連靈魂都釋放了，只可惜，軀體還是被抬回夢中，只能望著遠去的靈魂落淚，兩首詩都以淚收場，此外，夢的世界看似不合理，卻隱喻著對存在的懷疑，結局令人驚奇與震撼。

二、失去的美好——讀〈在蒙馬特——用楊澤韻〉

孟樊二〇二〇年七月八日在《聯合報副刊》發表散文詩〈在蒙馬特

——用楊澤韻〉，副標題「用楊澤韻」，揭示了詩作致敬對象為楊澤，其實早在詩集《我的音樂盒》，就可見到「用商禽韻」、「用蘇紹連《隱形或者變形》韻」的散文詩作品，可見詩人系列經營之企圖。

孟樊的〈在蒙馬特〉延續楊澤詩作「瑪麗安」之特色，甫開頭便是「瑪麗安」，不同的是，楊澤的「畢加島」是想像出來的國度，孟樊的「蒙馬特」位於法國巴黎、真有其地，而且非此處不可，因為這首詩的用典來源，除了楊澤的〈在畢加島〉，還有小說家邱妙津的同志文學經典《蒙馬特遺書》，詩末「隨身攜帶的小說家的遺書」即《蒙馬特遺書》。

之所以選用「蒙馬特」，關鍵在於這是一首支持婚姻平權的詩作，詩中總計出現兩次的「為了愛……」，傳達了愛的堅定，第三段「當年身著情人裝的我們跟著彩虹旗飄揚的隊伍，一邊用抗議的標語橫走巴黎的巷尾街頭」，描寫的正是法國同志大遊行。從第四段首句「想此時妳被妳的男人擁懷入睡」，可以推論出瑪麗安為女性，因此詩中我應同為女性，可惜這段同性戀情最終不敵現實壓力，走上分手的命運，再換另一個角度來看，心理性別的女性，未必是生理上的女性，因此詩中的瑪麗安與詩中我，性別存在各種可能。

值得一提的是，楊澤的〈在畢加島〉是分行詩，孟樊的〈在蒙馬特〉卻採用散文詩（分段詩）形式，一方面因為楊澤一九七〇年代發表了〈在台北〉等散文詩，在當時亦以散文詩聞名，另一方面，導因於〈在蒙馬特〉此詩試圖展現極短篇的特質，不只是思緒的遊走，更包含了情節的安排，首段的空間設定為蒙馬特著名景點白色教堂，詩句選用「重返」一詞，揭示了詩中我是再一次來到蒙馬特，想必前一次是與瑪麗安同行。

第二段至第四段，都是不斷湧現的思緒，從身體描摹、共同回憶，到現況的揣測，進入第五段，場景才又回到第一段的教堂，詩中我坐在台階上，回想昔日戀情種種，翻開《蒙馬特遺書》，感傷的情緒隨之蔓延，只能渴望在夢境再次與瑪麗安相遇，詩人透過實景與夢境的交互運用，強化了愛的堅定與失去的惆悵。

此外，〈在蒙馬特〉尚有許多細節，例如第一段的教堂是「白色輝煌的」，末段的夢境也是「漂白的」，不僅在色彩上有所呼應，更與第三段的「彩虹旗」形成無色彩與有色彩的對比，白出現在一個人的蒙馬特，彩色則屬於兩個人一起經歷的過去，突顯著回憶的美好，也或許，失去的永遠是最美好的。

三、夢與現實——讀〈羅生門〉

孟樊二〇二〇年十一月二四日發表於《聯合報副刊》的散文詩〈羅生門〉，全詩不到兩百個字，卻蘊含了日本文學、電影文化、修辭學、現代心理學，展現了詩人的博學。

詩作最末一行寫道：「我寫的這首詩就叫〈羅生門〉。」詩題「羅生門」正是貫串全詩的關鍵，「羅生門」一詞源於日本著名小說家芥川龍之介的短篇小說〈羅生門〉，其後電影大師黑澤明改編芥川龍之介〈羅生門〉、〈竹林中〉兩篇小說，拍攝電影《羅生門》，述說乞丐、僧侶、樵夫三個人在羅城門躲雨，樵夫道出近日發生的殺人事件，武士在竹林裡遇害，然而強盜、武士與妻子各執一詞，說法互相牴觸，真相因而撲朔迷離，隨著電影的推波助瀾，此後「羅生門」被用來形容事件當事人各說各話。

孟樊從「羅生門」的概念發展出散文詩〈羅生門〉，開頭第一句就是「聽說詩人用意象殺人」，「聽說」代表著不確定是否具真實性，另一方面也呼應著電影《羅生門》中，乞丐、僧侶「聽」樵夫「說」殺人事件的開場。第二段描寫詩中甲、乙、丙、丁各說各話，就如同竹林殺人事件的眾說紛紜，值得注意的是，詩作有甲、乙、丙、丁四個人，《羅生門》的證詞除了有強盜、武士與妻子三位當事人，還有說出殺人事件的樵夫，同樣有四位發聲者。

再換另一個角度來看，甲、乙、丙、丁在詩作第二段裡，分別指出「險句」、「隱喻」、「倒裝句」、「反諷句」有殺人嫌疑，四者皆與修辭學有關，詩人在詩中經營意象及修辭，傳達弦外之音，而文章常見起、承、轉、合四段結構，甲、乙、丙、丁亦可視為四個段落的表徵。此外，此處也隱喻著，同一件事交由不同人闡述，每個人的說詞會因為不同的修辭潤飾，而有所不同。

第三段出現第五位角色心理分析師，指出甲、乙、丙、丁都是詩人本身。此處選用「心理分析師」，而非「心理師」、「諮商心理師」等詞彙，暗示了此段與精神分析學有關，佛洛伊德將人的精神分為本我、自我、超我，本我完全壓抑在潛意識中，夢能反映潛意識，現實無法實現的欲望，透過象徵的形式在夢境出現，詩中的甲、乙、丙、丁看似想法相異，其實是同一個人的不同化身，即做夢者本人。

佛洛伊德認為夢是存在許多心理機制的，造夢機制包含凝縮、移置、具象化與填補等，這些機制意念與修辭學可說是有著異曲同工之妙；再者，電影《羅生門》之所以證詞迥異，是因為每個人都在事件的基礎上，添加對自己有利的成分，而這不正是修飾以合理化的造夢機制嗎？或許夢中的現實才是真實，也說不定。

語言文學類　PG2841　臺灣詩學散文詩叢3

用散文打拍子

作　　者 / 孟　樊
責任編輯 / 石書豪
圖文排版 / 黃莉珊
封面設計 / 陳香穎

發 行 人 / 宋政坤
法律顧問 / 毛國樑　律師
出版發行 / 秀威資訊科技股份有限公司
114台北市內湖區瑞光路76巷65號1樓
電話：+886-2-2796-3638　傳真：+886-2-2796-1377
http://www.showwe.com.tw
劃撥帳號 / 19563868　戶名：秀威資訊科技股份有限公司
讀者服務信箱：service@showwe.com.tw
展售門市 / 國家書店（松江門市）
104台北市中山區松江路209號1樓
電話：+886-2-2518-0207　傳真：+886-2-2518-0778
網路訂購 / 秀威網路書店：https://store.showwe.tw
國家網路書店：https://www.govbooks.com.tw

2022年10月　BOD一版
定價：290元

讀者回函卡

國家圖書館出版品預行編目

用散文打拍子 / 孟樊著. -- 一版. -- 臺北市 :
秀威資訊科技股份有限公司, 2022.10
面； 公分. -- (語言文學類 ; PG2841)
(臺灣詩學散文詩叢 ; 3)
BOD版
ISBN 978-626-7187-17-3(平裝)

863.51 111014344